성연 시인선 13

밤에 건너온 편지

-너라서 아프다-

도서
출판 성연

| 시인의 말 |

    삶의 진실을 투명한 글로 나타낸다는 것은 참 어렵다. 지난번에 내놓은 첫 번째 이야기 『너라서 아프다』 달에게를 출간하면서 많은 시련을 겪기도 했다. 그런 시련에 이어 두 번째 이야기를 내놓는다. 하나밖에 없는 아들이 초등학교 6학년과 중학교 1학년 때에 사춘기를 겪으면서 무척 힘들었던 내용이다. 그 당시 아이의 방황을 잡기 위해 모든 일을 접고 아이에게 집중했다. 그 속에 나의 모습을 그려낸 시련의 작품을 부끄럽지만 내놓는다 이 시들을 선입견이나 편견 없는 글로 읽어 주었으면 한다. 방황 중인 아이를 기다리는 내내 지붕 위에 고양이가 달밤 지기를 해주었지만 외로움과 아픔은 연속이었다. 그때마다 달을 보며 쓴 글이 저와 아들의 이야기다. 하나뿐인 아들은 남친이자 애인이다. 이는 혼자만이 견디며 살아야 하는 생존 방법이다. 또 한 아들을 누구보다 잘 키우고 싶은 욕망이기도 하다. 이것은 어제의 모습보다 오늘의 모습이 더 아름답게 비추어질 수 있는 여유이고, 공감대 형성으로 삶을 추구하고자 하는 길을 걷고자 함이다. 이 시들 속에서 바라보는 세상의 편견과 선입견은 없었으면 한다. 끝으로 시와 늪은 나에게 우산이 되어 주고 따뜻한 온기를 불어넣어 주었다. 배성근 대표님을 비롯하여 애써주시는 교수님, 임원진, 회원 가족 여러분이 있어 참으로 행복하고 감사하다.

전주에서 김지연

1부 . 자화상

2부 . 인연

 3 부. 홍시

4부. 타인의 계절

5부. 평설

김지연 시인의 타임캡슐 속의 달마실 이야기들은 어쩌면 니체의 풀리지 않는 수수께끼와도 같은, 질긴 삶의 물음들 앞에서도 끝내 희망의 끈을 놓지 않았던 것처럼, 한국의 가수 김연자 씨가 불렀던 '아모르 파티'처럼 승리하는 삶을 지향해온 대장정의 이야기 들이다.

소제목 '너라서 아프다'는 역설적으로 네가 있기에 아프기도 했지만, 행복하다는 반어법이라고도 할 수 있다. 자신의 내면 외면 모두와 가족 그리고 긴 시간 동안 아이를 보면서 독백처럼 달과 대화를 나눈 그녀의 이야기들은 휴식과 치유의 마음 정리 과정이라고 할 수 있다.

김지연 시집 『밤에 건너온 편지』 평설 중에

|1부|

자화상

너라서 아프다

-달에게 2-

귀뚜라미 울음도 잠 못 드는 밤
장독대로 파고드는 고뇌가
달그림자 아래
짙어만 가고 있었다

들숨 날숨
켜켜이 쌓였을 외로움
달빛으로 태워가는 붉은 눈동자

처연한 너의 모습은
좌표 없이 하늘길 가르고
어둠에 실랑이는 빗금 하얗다

갈등의 긴 여정
희미하게 그려지는 얼굴이
앞마당 무화과 나무에 걸렸다

아픈 시련을 뛰어넘을 수 있을까
매달아 놓은 소망이
반짝이는 별하나를 세어 가듯
바람에 한들거리고 있었다

푸념의 강

어둠 속으로 흐르는 강물
밤의 침잠을 깨우는 스산한 바람 소리
손 내미는 이 하나 없는
가난한 시간 지나가고 있다
정신없는 흔들림으로
세파를 견뎌온 심신
겨울의 울음 우는 강물 속으로
그리움 적힌
편지 한 장 흘리고 싶었다

미처 토하지 못한 울음이
흐르다가 어디선가
가라앉았으면 싶었다

인향(人香)

바람도 내려앉은 밤
묶어 놓은 영혼 속의 고독이
둑에 홀로 앉았다 흔들리는 강물은
주름치마 길게 펼쳐 놓고
시린 가슴으로 흐른다

물결 이는 그리움
반짝이는 물빛 사이로
젖어 드는 그대 숨결
청춘은 간 곳이 없다

헤진 옷 같이
늙어 가는 세월 앞에
미로의 얼룩진 이름

달빛 어루만지는
강물은 말이 없고

밤이면 주마등처럼
스치는 여정으로
등에 깃드는 적막함

바람 따라오는 풀립
하나 둘 모여서
동트는 아침을 기다린다

이끼의 꿈

깃털처럼 다가서는 미풍
구름 따라 흐르고
숲속의 은밀한 계곡
너와 나
공존하는 공간이 황홀하다
외진 늪 밀실 삼아
서성이는 청정바람
바위틈에 앉으면
포대기 깔아 연한 줄기 앞
산통으로 튀는 물살
연록의 빛
억겁의 사랑
부대끼며 몸살을 앓아도
숲은 나비처럼 깨어난다.

용지못

-호수의 달-

밤하늘은 애증으로 슬프다
부서진 이별의 파편
반쪽 된 얼굴이
초승달의 시작으로 처연하다
역마 마냥 날뛰었던 어제가
호수의 발을 내리고
손짓하는 여명을 향해 걷고 있다
부초 사이로 불어 넣은 숨결
붉은 떨림의 속삭임
수면 위의 달이 흔들리고 있다
추억하는 옛 그림자
하얀 볼 살찌우며
사랑이라 적을까!
그리움으로 읽혀질까
달빛에 걸린 포로의 시간이 깊어 간다

그대 생각 1

고슴도치 작은 심장
수직의 송곳을

한 줄기 희망으로 뻗어
한 곳으로만 뻗어

아득히 먼 시선 너머
전쟁처럼 바라보면

미지의 낮별도
빛나는 세상
고슴도치 사랑 너머
땅속 같은 네가 그예 서 있다

귀로

가슴에 감춰진 비밀이었을까!
달빛에 물든 하얀 얼굴이
나침반 바늘에 걸려있다.
전생에 엮어 있는 겁에
질린 이름일까!
잃어버린 시절
밤새워 뒤척이다
작두날 위
한 줌의 어깨는 떨고만 있었다
인과의 무게는 늘어만 갔고
목매단 심장은 식지 않았다
채우지도 못할
억새 같은 어제들이
바람 앞에 흔들리고 있었다

자화상

너와 마주 서는 밤
여름비가 걸어오고 있었다
열다섯 소년의 몸부림은
허공의 길에서 빗금을 치고
어둠만을 삼키고 있었다
답 없는 갈망에 애절한 꿈은
빗속에 길을 내며 가고 있었다
숨어 있는 밀어 하나 가슴을 열고
쏟아내는 너만의 밤
인연의 끄나풀 없었더라면
애증의 긴 그림자도 없었을 것을

무지 1

침묵의 밤이 나를 집어삼킨다.
무엇이 잘못되었을까!
아들의 절규
입으로 흘러나오는 기억
자존감을 짓밟은 너의 외마디
어디에서 시작되었던 것일까
생각이란 바늘이
아들의 빈방을 열고 서 있다.

무죄 2

만월도 기우는 밤
풋잠으로 들어서는 당신
황혼을 짊어진 빈 가슴은
닿을 수 없는 손길은
허공처럼 떠 있어
함께 나눈 추억들
해묵은 기억의 조각들은
단잠의 아쉬움으로 흘러가
고단했던 생
빛바랜 사진으로 남아
기다려도 오지 않았던 산과
불러도 가지 못했던
강물 같았던 그 해

꿈 하나

몽환의 숲속으로
부서진 몸을 세워
낯선 길을 나선다
짙게 밴 시름 걸어
겨울바람 등에 업고
조각난 가슴 꿰어 가는 길
펼쳐진 그늘
모퉁이에 내려선
정명한 저녁의 별빛
메마른 갈잎
이불 삼아
하룻밤을 멈추었다
그 무엇 채울까 기도하는 순간,
하늘 가득
쏟아져 내리는 눈망울
몽상으로 채웠던 세상의 이야기에
귀를 달아 주었다

봄

길게 늘어선 개나리
봄볕에 데우는 꽃잎이
최고의 온도로 피어나
노오란 사랑 따라온 만남
파란 하늘가
계절의 거친 몸짓이
바람의 숨결 속으로
앞을 다투는 사이
엄마의 얼굴에도 모처럼
노오란 꽃이 피었다.

수묵화

곡선을 그리며
바람 따라 날리는 수양
산사의 젖은 풍경이
그림자 되어 흔들린다
가지에 물든 붉은 꽃물
향기로 피는 아련함
화선지 위
붓끝에서 태어나는 숨결
하얀 여백 속에는
이루지 못한 세월의
꿈들이 담겨져 있다

가을 어느날

산허리 돌아가는 붉은 해
고개 숙인 황금 벼 사이로
덩그러니 깊어지는 외로움은
아궁이에 타오르는 불꽃

모락모락 피어나는 연기에
그을린 얼굴도 익어가는 저녁
그리움 닮은 풀벌레 소리

먼 산 깨우는
산사의 독경 소리
무문관 댓돌 위에 날아와 앉은
강아지풀 한 이파리

비밀의 정원

7월의 절정에
하얀 눈꽃 날리는 라임라이트
너와 내가 꿈꾸는
하나뿐인 사랑
백일간 피고 지는 꽃잎처럼
빨간 기다림
연못 속의 소금쟁이도
물 위의 춤을 춘다
잎새 뒤에 숨겨온
짝을 찾아 나서는지
사랑의 숲은 누구에게나
비밀의 정원

여인

머리를 조아린 어둠이
무릎 앞에 매달리고 있다
소리 없는 속삭임
소복을 차려입은 여인이
두 손을 모으고 있다
무얼 감지하고 있는 것일까!
끝없이 돌리는 염주 알에
새겨보는 비원으로
눈썹달로 뜬 하늘 속으로
홀로 떠나가는 영가
풍경소리
바람 끝에서
여인의 흰 옷소매를
날리고 있다

홀씨

불어오는 바람 웅성이다
살가운 언덕으로
떨어지는 고독한 밀어
수많은 인연의 고리
목마른 그리움 징표되어
시간이 흘러 땅에 묻히면
피어나는 하얀 날개
지나간 이야기로 피어난다
모두의 가슴에 남아 있는
홀씨 한 톨들

장마

먹구름 몰고 온 날씨는
하늘을 가르며 달려와
시퍼런 칼날 번뜩이며
천둥과 번개를 동반한다
얄궂은 힘
파괴적인 본능이
짐승의 마음을 마음속에 숨긴
불한당을 닮았다
빗금으로 들어치는
어둠 속의 행렬
너는
무엇을 갈구하는 것이냐
누가 저 죄인에게
포승줄을 던질 수 있을까
그러나
장마는
스스로 물러나는
지혜를 지니고 있었음을

석류

꿈이었으면 좋았을걸
순간 훅 들어와
심장의 붉은빛 불어 놓고
보고 싶은 너를 안고
긴 한숨에 감기는 눈
지새우게 만들고
내 귓가에
너의 목소리 다가와 길을 묻는데
지난날의 꿈을
누가 적을까
매달린 애기하나
작은 가슴에 뛰고 있는
포개진 입맞춤
눈 감으면 잊힐 줄 알았지
툭 하고 건드린 떨림이
네가 서 있던 자리에
난 추억하며 맴돌지
아직도
너의 생각에
빨갛게 익어가는 내 심장

| 2부 |

인연

몽연 夢戀

지난밤
화등으로
다가서는 빛 하나가
사뿐히 걸어 들어왔다
빨갛게 물들이며
빈자리를 채우는
따뜻한 미소
그날 밤
체온으로 가득한 열기
달빛에
하얀 허공을 물들이며
달콤한 설레임으로
그대가 있음에
온 밤이 충만하였다
봄같이 따스했던 밤
풀잎에 맺힌 이슬을 보내온
인연의 기억으로 떨렸던 입술

나들이

향긋한 꽃내음으로
유혹하는 홍조 입술
노란 치마 두르고
팔다리 흔드는 개나리가
산들바람에 하늘거린다
재잘재잘 새들의 노래
꽃잎처럼 피어나는
개울물이 건져 올린
웃음 방울들이
하나 둘
세상의 길가 속으로
터져 오른다

열꽃

간밤 혼자 맞선 설움
봄밤을
머리에 두르고
앓던 밤
전신에 피어나던
붉디붉은 꽃
꺾지 못한 아픔이
초 살갗 위에
내용이 간명한
시를 쓰고 있었다

그대 생각 2

창가에 서성이다
꺼내 보는 그대 얼굴
가둬 놓은 미로속에
영혼의 떨림
고동치는 맥박으로
오롯이 뛰는 심장
달궈진 꿈속의 사랑
가슴 빈칸에 들어갈
그대 숨결
내밀면
잡아줄 것만 같았던
그대의 손길

인연

눈꽃처럼 포근한 사람
때로는 아이처럼
철없는 얼굴
눈가에 어리는 미소가
호수에 떨어지는
별빛 같아서
그리운 것은 미련이었던가
기다림은 사랑이었던가
인연의 고리 하나
살포시 내걸고
그대 품에 안기어
따뜻한 체온 느낄거나

꿈결처럼 들려오는
은은한 플루트 연주에
가슴이 쿵 내려앉았다

동백 꽃잎처럼 타올라
잠든 당신을 노크하고 싶었던
긴 갈망의 날들이여

첫눈 내리던 날

눈이 펼쳐진 하얀 세상
볼을 베어 갈듯
차가운 바람 맞고서
시린 발 동동 구르며
허술한 포장 마차로 들어섰다
주인아저씨의
오래된 라디오에서
흘러나오는 옛 노래
아련히 배여 나오는 담소들
허술했던 마차에도 시절이 있었다.
통기타 가수의 꿈을 키우며
금지곡을 연주하던 동네 오빠도
노래를 잘 부르던 친구도
신문사 일 하면서 집안을 돌보던 친구도
떠들썩 웃음소리가 귓가에서 떠나지 않았다
연탄불 앞
지난날 열기는 깊어지고
귀에 익은 연주에
나는 한 줄 시를 읊었는데
첫눈이 내리는 날
뽀드득 뽀드득 발 소리로
나는 또 새하얀 새 편지를 쓰고 싶었다

연리지

불나방처럼
뛰어든 사랑 하나
살갗을 달구는 몸부림에
밤이 비틀거린다
포개지는 입술
심장이 맞닿은 순간
파도 속 모래알같이
부서지는 암벽
꿈틀대는 아늑함
화촉에 맺힌 색 구슬이
밤새 흩어져 내려
흔들리는 동공에
채워진 듯 비워진 듯
피곤한 육신이
불빛을 타고
새벽을 끌어올리고 있다
하룻밤 그윽이 미치던 날
너와 나 사랑이 붙고 말았다.

그녀가 가는 길

늦가을
어스름 그림자 밟고
벗은 산 너머
강 나룻배에 발을 걸쳤다
하얀 등불 따라
귀향을 위해 떠날 모양이다
소란스러운 세상의 미련 접어두고
조바심에 쓸어내린 기억들이
앙상한 맨발의 추억에 기대어
올라서면
늦은 밤 배의 닻이 올려지고 있다
심금을 울리는 목탁 소리 따라
숱한 흔적들은 사리되어 남겨지고
흔들리는 나뭇잎 사이로
한 자락 바람이 흘러간다.

회상2

추억의 물기가 스밀 때면
실바람 타고 온 옛 얘기가
가을빛 서린 고백으로
가슴속 하얀 새벽을 찾아낸다
시름의 조각들은
퇴색된 시간 속에
침묵을 깔고
낡아버린 시간으로 오고 있다
권태기를 토하는지
오열로 붉어지는 석양이
무심한 행인이 되어
이별의 아픔을 지워갔다
심장을 울리는 마른기침 소리
바람에 떨어진 낙엽들이
눈처럼 쌓이고 있다
타인이 되어가는 계절의 감각 아래
어린아이처럼
마냥 웃고 서 있는 내가 있다.

산아래 피는 꽃

망막에 그려 넣은 풍경이
산빛으로 깨어나고 있다
겹겹이 묻혀 가던 푸념
뜨거운 심지로 머무는 순간
흐름타던 땀방울
다가서는 미풍으로
젖은 얼굴 닦아내고 있었다
슬픈 영혼 매달은 새 울음소리
허공에 떠돌고 있다
비탈진 언덕을 구르며
달려오는 열병의 무게가
덧없이 흐르고 있었다
바람의 유혹으로
마실 나온 풀꽃의 속삭임
삶의 무게는
잎 속에 숨겨지는 붉은 꽃술
산기슭 언저리에 앉은 오늘
별꽃을 닮은 물매화가
신의 향연으로
물매화의 결정체가
탄생의 고고성을 울린다

남원에서

가슴에 담은 푸른 꿈
살랑이는 꽃잎에
한 아름 피어나는 열정
광한루에 내디뎌 보는 발걸음
서로가 다른 세상에서
하나로 포개지는 염원이 되어
배롱나무 가지 끝에 매달린
흔들림 되어
옛 춘향이의 수줍은 웃음같이
그네를 타기 시작한다

비창

애잔함이 휙 넘나들며
문살 구멍 난 창호지로
날카롭게 파고드는 얼굴
단련된 세상에서
숙성시켜 버린 고독한 밤

파도 2

눈을 감으면
구름을 타고 뛰노는 아득한 파도
밀려 나가는 물결
수평선 너머 붉은 노을에
푸석한 모래바람도
어제의 긴 이야기를 싣고 멀어져 간다

등대가 지키는 바다에
돌아오지 않은 배는
아직 보이지 않는다

파도는 늘 떠날 준비를 하는
유랑의 피가 도는
거친 머릿결의 여인
그러니 옛 시인의 노래처럼
어쩌란 말이냐!

날개

차디찬 어둠을 깨고
반란은
봇물 되어 쏟아지나
슬픔도 잠시
어느 그 해처럼
불면의 밤 세포막은
날개를 달아
가슴에 걸어둔 빗장을 열고 있었나

얼굴

빈 들에 날리는 낙엽
홀로 보듬어 삭혀보는
아련한 모습
금방이라도
이름 부르며 들어설 것 같은
그리움
당신의 향기
오! 나의 어머니

심연

복수초에서 비치는
잔설 속에
노란 새싹들
알지 못한 나의 길섶에
연등으로 떠올랐네
깨알같이 쏟아지는 봄의 눈발들
무심결에 떨구고 싶었던
눈물 한 방울

| 3부 |

홍시

밤 고개

머리맡에 찾아온
잃어버린 청춘

밤을 삼키며
한없이 울었던 밤
지금도 기억하는 사람
내 심장에
머무르는 아픈 사연
초년도 지나고
중년도 지나고

우리
어디쯤 가고 있을까!
하얗게 지새우는 밤
못 잊어 허기진 가슴

당신의 말을 찾아
빈 들을 가로질러 가다가
숨결은 피부로 스며들어

그렇게

별빛은 당신을 멀리 있게 해놓고
달빛은 나를 바라보게 하고

아카시아

푸른 하늘을 닮은 눈빛
이파리는 바람 한 점 데리고 나와
진한 향기 꽃내음으로
길 잃은 나비의 웃음 부르고 있다
건듯건듯 뛰어넘던 징검다리
역광에 반짝이며 흐르는 물 주름

하얀 잇속 내보이며
튀밥 송이 같은 웃음 한번 웃고 싶었다
나에게 내미는 너의 손에
지난날 추억의 편지 한 장 들려져 있다

암연

푸른 바다도 잠든 밤
잊지 못할 아쉬움에
시간을 세워 보는 마음

바위 사이를 흐르는
계곡의 물소리 위로
튀어 오르던 물방울 소리

그날

먼 길을 지나서 가고 있었다
빨간 고무대야를 머리에 이고
느린 발걸음으로 고개를 넘었다
입김이 하얗게 피어올랐다
등에 업힌 포대기 밑자락으로
빠져나온 아이의 발이
바람 속으로 달랑거렸다
언덕 밑을 내려다보는 내가 있었다
빈 정지간* 안이 적막해 보였다
재채기 곁으로 콧물이 튀었다
가슴에서 타닥타닥 불꽃이 피는 것 같았다
문고리가 소리를 내며 열리는 순간
꺄악, 누구야?
이불 속으로 숨는 눈동자가
반달처럼 마주치고 있었다

*정지: 부엌이다. 경북 지역의 사투리입니다.

겨울연가

갈바람 따라
겨울의 창이 열리고 있다
찬란한 파도는 은빛 물결을 일렁이고
꿈틀대는 심장이
수평선 위에 걸려 있었다
해풍으로 말려진
모래사장 끝에는
내일을 기다리는
작은 배가 있다
바다의 계절은
겨울에서부터 시작되었다고
빨간 등대는
겨울바다 끝에서 바다를 기다리며
서 있었다
그렇게
바다에 닿는 손
삶은
겨울바람처럼 매서웠다고
저무는 해에
하얀 잔해로 빛을 발하고
존재의 눈물
단물로 삼켜 창공으로 날아오른다.

그림자 하나

조금은 슬픈
쓸쓸함이 느껴지는
너의 미소
다시 그리워할 수 있을까!
지쳐버린 영혼
쉬어갈 곳 어디에
흘러가 버린 세월
젖은 풀포기에 주저앉아
갈구하지 않아도 내리는 겨울비
우산도 없이 내리는 눈물

빈산

공허 속에 한숨을 삭히고
횡하니 스쳐가는 바람이
제 설움에 시들어
파편처럼 날려 보내던 낙엽
제 입장으로만
수군대는 소리들
맨주먹으로 남겨진
눈 속 깊은 남정네 처럼

여인

신의 다리가 내려
신기루를 타고
오색의 단잠을 깨우는 아기씨
의복을 갖춘 여인이
영혼을 불러 세우고 있다

무얼 감지하고 있는가!

고단에 스민 슬픔, 한가득
어둠 속 얼굴, 꽈리 튼 머리가
무릎에 묻히고 있다
치유의 소리런가
영혼의 떨림

끝없이 돌리는 염주 알에
새새 소원 빌어보는 마음일까!
개울 건너 오가는 환영이
신의 형체로 드리워져
산천의 바람으로 걸어오고 있다

여승

무얼 감지하고 있는가!
고단에 스민 슬픔 한가득
어둠 속 얼굴
침묵에 묻히고 있다
치유의 방식이런가!
끝없이 돌리는 염주 알에
개울 건너 떠나가는
발원의 기도가 묻어있다
당신의 신심을 구하고 있다

해바라기

허기진 배를 채우기 위해
막걸리 한 사발 들이켜던 당신
푸념이 안주가 되어
가난한 육신은 노을에 널어 말린 능청
늘어진 힘줄의 어깨너머
하루 해가 기울었다

자전거를 끄는 한쪽 손에 무언가 잔뜩 쥐고
어둠을 건너 올라오던 골목길
까맣게 그을린 얼굴에 붉은빛이 맴돌고
무거운 손은 오롯이 자식을 위해서였다
코 흘리던 자식들은 당연하다는 듯
까르르 웃음으로 화답하곤 하였다

당신을 향한 눈물샘은 마르지 않았는지
무엇을 얻고 잃었기에 청춘은 저 멀리 달아났을까!
아버지는 나의 가슴에 영원히지지 않는
한 송이 해바라기로 서 있다

홍시

까치발로 높이 치켜드는 장대
이리저리 휘젓다
제풀에 겨워 넘어지고
쓰린 손바닥 후-불며
털어내던 흙먼지
저렇게 높은데 어떻게 따지
어린 동생의 걱정 한마디
나는 내심 주문했다
삼촌이 얼른 왔으면
금방 딸 수 있을 건데
여운을 맞잡고 휙휙
이리 돌고 저리 돌고
덩달아 옮아 도는 동생들
온종일 장대 끝만 바라보았다
그날 밤
달님께 빌어보는 마음
홍시 하나만 따게 해주세요
하늘높이 올라 간
몇 개 남지 않은 까치밥
홍시 따는 꿈 때문인지
우리들의 종아리가 부쩍 길어났다

꽃길

다가가야 할 당신 때문에
가슴이 붉게 뛰어올라요

비는 마음 당신께 들켰을 때
내가 가는 길가에 꽃이 핍니다

차가운 땅을 딛고 걸어가도
다시 피어나는 나

별빛으로 당신을 묻고
달빛으로 당신을 찾아 나섭니다

가슴앓이

골목 외등 빛으로
비추어지는 봄비
기다림을 씻어 내려
못다 부르고 만 나의 노래
너의 목소리도 모습도
비에 젖은 상처이지만
오늘 이 시간이 지나면
목마른 갈증은 해소되려는지
혹시나 행여나 하는 기다림
등 뒤에선 선홍빛 통증이 인다

풀꽃

손 흔들면 날아올까!
빙그르르 맴도는 하얀 날개

푸르름으로 높아가는 하늘
바람이 데려다 놓은
풀 내음 벌레 소리들

온전히 자신만을 위해
아름답게 피워 내는
너의 미소

풀 섶에 숨겨둔 이야기는
허공으로 날아오르는 홀씨 되어
계절 저편의 여정을 따라 흘러만 간다

초대

꿈속에 갇힌 조각들이
그대의 옷자락에 머물러
외로움이 고개 떨구면

초대 된 갈망 하나
잠 못 이루는 밤에 찾아온
등불 아래
휘청이는 고통의 설움
한 계절은 넉넉히도 갔건만

상심의 방랑자 되어
새벽빛 따라나서고 싶었던
텅 빈 가슴

그대와 나
운명으로 묶였으면
좋았을지도 모를
인연의 끈 한 자락

바람차

가슴에 멍든 사연은
서리꽃을 피우고

다 식어버린 찻잔 속으로
어린 갈증이
다시 태어나는 시간

마침내 가느다란
혈관을 타고 흐르는
바람 차 한 모금으로

이내 타버린 사랑
진정 그대를
잊게 하여 주었던가

눈물

가슴을 잃어버린 것은 아닐까!
이불속 세상에서
수만 번 너와 이별하고
야속함을 걸어두고
돌아서 왔다

나의 향기를 안고
너의 방으로 숨어들고픈 밤

마음의 문을 두들겨 온전한
너의 세상 앞에
갈망 하였다
눈물처럼 젖고 싶은 날

독배 2

밤 편지 한 장
달빛에 띄워 볼까
떨어지는 별 하나가
창문에 와서 꽂힌다.

너는 너에게

기억에서
달려드는 숨가쁜 그리움
너는
떨림조차 남지 않았구나
덜컹 맥박이 주저앉는다
붉어지는 눈 침묵으로 앉아
피어오르는 열병
알몸으로 손 흔들며
떨어지는 별
바람이 흘리고 간
푸념 한 자락

| 4부 |

타인의 계절

그날 2

반쯤 눈 비벼 아침의 눈을 떴나!
얼마쯤 시간이 흘렀을까!
사위가 고요하다

엄마는 어디 가고
옆집에서 비럭잠을 자고 온 나는
상황을 알 턱이 없다
밤새 구르는 요강단지 치우던 엄마 생각에
내심 가슴이 쪼그라들었던 날
빈 가슴에 반달이 떴다

똥 기저귀 들고나가 냇물에 흔들어 본다
용서랄지 무서움이랄지 아직 모르는 말
혹시나 하는 마음에 밥을 지어 보았는데
밥이 아닌 죽이 되어 버렸다

쌀이 부푸는 줄도 모르고
한 컵은 엄마 밥 두 컵은 동생 밥
칭찬은커녕 반타작 되었던 그날
지금도 잊히지 않은
내 생의 어느 이야기 속의 그날

산사에 내린 눈

기와 끝에서 칼춤을 추고 있다
낡은 단청 불당 앞에
누가 벌써 다녀갔는지
산사에 내린 눈 때문에
그 흔적이 역력하다

젊은 날의 잔상

드넓은 초원아
뜨거운 햇살에 녹지 말고
세찬 비바람에 눕지 마라
밤이면
단상으로 오르는 구릿빛 흔적
들숨 날숨
기억 따라온 발자국이
젊은 날의 잔상으로 흘러

토닥이며 쓸어내린 가슴
저녁 빛
바들거리는 가로수에 기대어
어루만지는 그림자 하나
저울로 잴 수 없었던 심장의 무게
가로등 불빛 아래 묻어가던
방향 잃은 철부지 여인

내일 밤은
어느 타인의 숭고한 계절에 숨고 싶다

단풍

듬성듬성 구멍 난 심장
짙게 밤이슬 밟고 가는 이별이
이 세상에서 가장 붉은 흔적을 남긴다

하루

허허허 껄껄껄
배고픈 웃음보따리도 비어가고
질통의 한숨도 짤랑거린다
등에 모래가루가 흩어지는데도
아버지는 굽은 허리춤에
가냘픈 밧줄 하나 의지하고서
허공에서 흔들린다
땀으로 적신 아버지 온몸이
아침이슬처럼 빛나고
벗은 목장갑 눈물로 흥건하다
연장포대 둘러메고
여보게 대폿집이나 들려서
막걸리나 한잔하고 가세나
걸걸한 목소리 그 목소리
우리 아버지

홀로 도는 별

가로등 불빛 사이로
허공의 두 선 가르고
달려오는 빛 그림자
초점 잃은 눈망울
주홍빛 붉은 가슴
검은 비밀의 문 열어
바람이 서있다
은빛 웃음 피어나는 달빛 아래

밤에 건너온 편지

너무 어려서 보낸
너의 생각에 잠 못 이뤘다
그 시절
일꾼들 돈을 들고 튄 사내 덕분에
집안 꼴이 말이 아니게 되었다
이쁘다고 돌봐주던 부잣집
양녀로 보내지게 되었지
혼자서 일꾼들 세거리도 바쁜 터라.
잘 먹여 주겠지 잘 키워 주겠지
딸 없는 집안으로 널 보낸 것인데
정신을 차리고 생각해 보니
힘들어도 보내는 게 아니었는데
보내 놓고 얼마 지나지 않아
다시 찾아오려고 애원도 해보았건만
미움이었는지 두려움이었는지
너는 대뜸 나와
아줌마 제가 크면 알아서 찾아갈게요
다시는 찾아오지 마세요
쌩하니 돌아서는 뒷모습을 보고
홍두깨로 얻어맞는 것처럼
뒷걸음질 치는 내 마음도 힘들었단다

어찌 널 잊었을까
그 밤 언니로 착각하시며
글도 아닌 입으로 건너온 편지
한 생의 이별을 고하는 작별 일 줄이야
사랑했다고 한마디 말이라도 전할 것을

행복 만들기

잠시 쉬어 가는
모퉁이 찻집
찻잔에 어리는 얼굴
지리산의 운치는
절경이다
자연 속의 평안한 쉼
유리창에 새겨지는 이름
온기 담아 남은 행보에
꿈의 날개 달아 줄 테야

타인의 계절

목련꽃 하얗게 피워 웃는가!
가눌 길 없는 혼을 흔들고
그림자를 끌어당겨
바람은 파고 들어
새벽잠 속으로 찾아온 몸살
낮 밤으로 그치지 않는 기침 소리
그대는 왜 자꾸 내게로 머무는가!
굴러다니는 돌멩이
사계절 내내 심장을 두드린다
나는 왜 자꾸 그대에게 향하는가!

바닷가에서

첫걸음 하는 바닷가
세찬 바람 맞잡고
수평선에 얼굴 숨긴 너
밀려오는 파도 소리에
울먹이는 나의 넋
갯벌 위에 그려진 소녀들
노을 꽃 머리끝에서
한 자락 바람 쥐고
바닷새들 노래 부르네
매달린 노을빛에
반짝이는 울음소리들
내 눈앞을 스친다
붉게 물든 물빛에 기대어
시극 공연 열고 있구나
저 건너에 묻힌 꿈

바람

바람의 숨소리
어둠의 껍질 벗어
돌과 돌 사이
감각을 깨우고
피어오르는 물안개
끈끈한 생의 숲
가둔 시간을 풀어
초록 잎 흔들면
갈 숲을 지나서
철새들은 또 날아가고

풀꽃

길섶으로 누운 햇살
파르르 흔들리는 풀꽃
잎 속에서 기지게를 켜는가
노란 몽우리 열고서
조심스레 보듬어 보는 초록 속살

멍울

그날
아침의 기억을 끄집어내어
실타래 같은 머릿속
긴 숨으로 정돈하며 나서는 길
다시 안아보고 싶은 영혼의 그림자
물들인 고운 볼
몸 부비며 흔들던 바람은
봄을 내려놓았다
긴 호흡에 속박하는 향기
흥건한 맘 매달은 아쉬움
떨어지는 꽃잎과 자취는 감추어졌다
맑은 햇살 쏟아지는 길 따라
실낱같이 야위어 가던 뒷모습
삶의 눈물 가슴을 뚫고
흩어지는 꽃비 맞으며 저만큼 웃고 서 있다
한 조각 그리움으로 하늘 오르는 사연
아직도 가슴 속에 어머니가 사시는데
날 더러 어쩌라고

향수

그곳에 가면
어릴 적 동무들
만날 수 있을까
기린봉에 올라서면
하하 호호 떠들썩한
웃음소리 들을 수 있을까
중년의 나이를 딛고
동산에 올라 서 보니
그 동무들 오간 데 없구나
시간이 멈춰진 듯
산마루는 변함이 없건만
세월은 많이도 변했구나
아직도 놓지 않은 기억
낙수정 어린 꼬마들
만나질 순 있으려나
아련히 들려오는 함성은
고개 너머
아득히 먼 곳에 서 있구나

봄은

이슬의 고요함이
장독 밑으로 스며
무엇을 감지하기에 열중하고 있나
혹독하게 시린 겨울
마른 가지에 매달려
긴 고뇌를 들이마셨는지
그때는 모르겠더라
산다는 일도
계절이 지나야
봄이 오는지 알 수 있었다
봄은 그러했다
어제는 숨차고
오늘은 죽을 만큼 벅차
눈처럼 사르르 녹는 날
지상으로 다른 삶이 와
기다리고 있었다
봄은 그러하였다

이목교에서

김무송(저자 아들)

이목교 다리 너머
하얀 달이 서 있다

한옥마을도 잠들고
벽화마을도 잠들었는데

달빛은
언덕을 깨워 들을 비춘다

숲 사이
오솔길은 초록마을
매미의 웃음소리가 정답게 잠들었다

불빛이 어린다
색을 입혀놓은 가로등에
색을 빌려 꿈을 그려본다

하얀 꿈의 세계
달빛 그림자 따라
산도 나무도 꽃도 그렸는데
그릴 수 없는 것은 내마음

이목교 다리에 서면
펼쳐질 세상이 보인다

나무

생명과학 고등학교 1학년

김무송

　나에게 하나뿐인 친구 승찬아! 결코 짧지 않은 시간을 함께 지내 왔지만 우리의 실수로 엇나간 순간들이 많았다고 생각한다. 하지만 그 시간 속에 비행을 저질렀던 순간은 후회할지라도 처음 너를 만났던 사실 만큼은 결코 후회하지 않는다. 앞으로도 서로 잡아주면서 좋은 방향으로 나아간다면 더 좋은 미래가 우리에게 오지 않았을까 생각한다.

　우리가 철없이 사고 치며 놀았던 그때를 생각하면 지금도 후회를 하고 있다. 하지만 승찬이가 아직 내 곁에 있는 한 서로서로 사고 칠 틈이 생기지 않도록 잡아주고 이끌어 주어 좋은 길을 함께 갈 수 있도록 노력한다면 우리에게도 밝은 미래를 꿈을 꿀 수 있다는 생각에 정말 기쁨이기도 하지만 행운이라고 생각한다. 그동안 앞을 제대로 보지 못하고 철없는 행동을 하며 살아온 순간을 생각하며 뉘우치고 있다는 사실만으로도 다행이라고 생각한다. 승환아! 우리 같이 털털 털고 일어나 새로운 삶을 향해 노력해 보자.

　우리가 지금 어디에 서 있는지 그리고 어디로 향해 가야 하는지 신중하게 생각하고 한 번쯤 뒤돌아봐야 할 시간을 가져야 한다고 생각한다. 우리 잠시 함께 쉬면서 미래를 생각하며 함께 걸어갈 미래를 계획했으면 한다. 앞으로 갈 길이 아무리 가파르고 지쳐 쓰러질 것 같은 순간일지라도 승찬이 너와 함께 한다면 우리의 미래는 희망적이지 않을까 싶다. 지금도 앞으로도 네 곁에 내가 있음을 기억해 주었으면 한다.

목적지에 도착해서 즐거운 한순간이기보다 너와 함께할 그 모든 과정이 즐거운 순간이고 만 싶다. 그렇게 많은 시간이 지나갔음을 지금 와서 생각해 보면 우리 자신이 자각할 새도 없이 철부지처럼 지내 온 듯하다. 시간이 지나면 우리에게도 중년이라는 시간도 지날 것이고, 노년이라는 시간도 다가오지 않겠나 하는 생각한다. 먼 훗날 어른이 되었을 때 지나온 일들을 생각하며 대포집에서 술 한잔하며 서로 함께했던 타임 속으로 들어가 지난 추억을 되새기며 "그때는 그랬었지, 그때가 좋았었지, 왜 그랬을까"하며 때론 후회도 해보고 우리 자신과 우리의 자식과 성장 과정에 대한 비교를 해보는 시간을 가져 보자. 지난 추억속에 그리움을 회상하며 정을 나누어 보자. 잘못된 길은 잘못된 길이라는 사실을 선명하게 겪어보았기에 이젠 충분하게 뉘우치지 않았나 생각을 한다.

이제는 우리도 어느 누가 보아도 멋진 삶을 살아가는 모습을 보여주자. 지금까지 마음고생 한 부모님께 절대 부끄러운 일 없게 하고, 더이상 상처 드리지 말자. 이제라도 잘못된 것은 잘못된 것이라는 걸 깨달은 지금 그동안 남들보다 오랫동안 잘못을 저질렀기에 남들보다 늦은 시작일 수 있겠지만 지금부터라도 하나하나 바로잡아 올바른 길을 향해 이겨나가자. 우리가 17년 동안 돌봐주고 우리가 엇나갔던 비행의 시간을 이해해 주시기 위해 속앓이하셨던 부모님의 마음을 밑바탕이 헛되지 않았다는 걸 증명해 드리자. 이제는 부모님에게 도움을 드릴 수 있는 사람으로 성장했으면 한다.

우리가 남자답다고 믿었던 때 누군가를 괴롭히고 폭행을 하면서 나 자신을 증명해 내는 것이 멋있는 것이 아니라 도움이 필요한 애들이나 사람들에게 도와주는 것이 진짜 강한 모습이라는 사실을 이제라도 알게 되어 천만다행이라고 생각한다. 먼저 남을 배려하고 이끌어 갈 수 있는 사람이 되자. 아직은 피어나지 못한 씨앗이지만 계속해서 싹을 틔우고 꿈을 키워나간다면 우리도 푸른 숲을 만드는 나무처럼 성장할 수 있다고 믿으며 다시 한번 더 다짐하고 실천하자.

나무는 더운 여름에는 쓰러지지 않은 채 우리에게 시원한 그늘을 드리워 주고 추운 겨울에는 침묵으로 단단하게 그 시련을 감내해 내고 있잖아. 봄이 되어 자신의 아름다움으로 사람들을 기쁘게 할 수 있도록 여름에 시원한 그늘을 제공해 줄 수 있도록 해주고 가을에는 예쁜 단풍으로 사람들의 기억을 물들일 수 있도록 하는 나무처럼 살았으면 좋겠다. 이제는 나무와 같이 순간순간을 사랑으로 뿜어내기 위해 견디어 낼 수 있는 시련이라고 저 나무들에게 많이 배운다.

우리도 저 나무들과 같이 어려운 시련을 충분하게 겪어 내서 남들에게 도움을 주고 필요한 사람이 되어 기쁨을 줄 수 있는 사람이 되자. 아직은 많이 부족 하지만 열심히 노력하면 저 나무와 같이 될 수 있는 충분한 가능성이 있다고 본다.

거대한 씨앗이라는 시선으로 서로를 바라봐 주며 초라해 보일 수 있는 지금의 순간을 함께 견디어 나간다면 다른 사람들은 우리가 한순간 태풍에 휩쓸려 나약한 씨앗으로 보일지라도 우리의 노력만큼 우리 서로를 믿고 품으며 차갑게 느껴질 수 있는 지금이지만 미래의 공간 속에 시간을 함께 견디어 나가 보면 좋은 결과가 있으리라 생각한다.

사랑하는 친구 승찬아! 앞으로 너와 함께 지난 차가운 기억을 잊고 미래를 향해 열심히 뛰어볼 요량이다. 함께 미래를 향해 뛰어보자. 성찬아! 항상 사랑한다.

전주에서 무송이가...파이팅!

-타임캡슐 속의 달마실 이야기-

- 예시원 시인, 소설가, 평론가-

-통속과 회한의 경계에서-

-김부회 시인, 평론가-

-타임캡슐 속의 달마실 이야기-

예시원(시인 · 문학평론가)

■들어가기

〈밤에 건너온 편지〉의 시편들은 김지연 시인이 겪은 내면의 상처나 지나간 시간의 에피소드들을 바람 앞에 잔잔하게 드러내며 천천히 마음을 진정시키고 회복(recover oneself)해 내는 이야기들이다.

1부 자화상, 2부 인연, 3부 홍시, 4부 타인의 계절 등 70편의 작품 대부분은 김지연 시인이 일상의 자잘한 풍경이나 트라우마, 의인화한 달과의 대화 그리고 아이의 성장 과정의 소재들은 기다림의 연속이었고 지나간 시간에 대한 그리움이며 알 수 없는 미래에 대한 작은 소망들이었다.

그것은 막연히 해를 바라보는 해바라기가 아닌 시인이 밤에 뜨는 달을 통해 느낀 심상과 대화가 많은 부분을 차지한 달마실 이야기들이다. '아모르 파티(Amor Fati)'는 초인으로 불리는 철학자 프리드리히 니체(Friedrich Wilhelm Nietzsche, 1844~7900)의 사상이다. '자신에게 주어진 운명을 사랑하라'는 뜻이다.

그의 말처럼 사람이 왜 태어났는지 정답은 없다. 하지

만 태어난 존재라면 죽기 전까지 열심히 살아야 후회가 없다. 누구에게든 똑같은 시간이 주어지지만 그걸 어떻게 만들어나갈지는 온전히 자신의 몫이다.

김지연 시인은 지나간 시간의 회한이나 일상의 외로움 또는 알 수 없는 미래에 대한 불안감들이 문득 창문 밖 달빛을 타고 들어올 때, 니체가 말한 '아모르 파티'처럼 자신과 가족을 믿고 미래의 꿈을 기다리는 심상으로 시간여행을 해왔고, 늘 깨어있는 마음으로 기도하며 펜을 들어온 진정한 시인이었다.

그것은 결국 자신을 사랑하고 운명을 받아들임과 동시에 달팽이처럼 긴 시간을 인내해 온 결과 승리하는 삶을 살 수 있었던 원천이라고 할 수 있다.

김지연 시인의 타임캡슐 속의 달마실 이야기들은 어쩌면 니체의 풀리지 않는 수수께끼와도 같은, 질긴 삶의 물음들 앞에서도 끝내 희망의 끈을 놓지 않았던 것처럼, 한국의 가수 김연자 씨가 불렀던 '아모르 파티'처럼 승리하는 삶을 지향해온 대장정의 이야기 들이다.

소제목 '너라서 아프다'는 역설적으로 네가 있기에 아프기도 했지만, 행복하다는 반어법이라고도 할 수 있다. 자신의 내면 외면 모두와 가족 그리고 긴 시간 동안 아이를 보면서 독백처럼 달과 대화를 나눈 그녀의 이야기들은 휴식과 치유의 마음 정리 과정이라고 할 수 있다.

시편 하나하나의 장면들은 어느 영화나 드라마의 배경 속처럼 잔잔하게 빨려 들어가는 느낌이었고, 일상의 풍경을 하찮게 여기고 경시하는 듯한 느낌도 없이 자연스럽게 대상을 관찰하고 시적 소재로 잘 담아낸 훌륭한 작품들이었다.

김지연 시인의 작품에선 애호박을 동그랗고 납작하게 썰어서 부친 달전(호박전) 처럼 달고 맛있는 향기가 그윽하게 풍겨 나온다. 시인은 행복을 요리하는 구수한 냄새가 나는 것처럼 입말이 살아있고 공감 능력이 좋아야 하는데 〈밤에 건너온 편지〉의 시편들은 달나라를 오가면서 했던 시간여행 속의 대화 내용들을 알뜰하게 담아내어 희망의 메시지를 잘 전해주고 있다.

그리움의 시편들은 희망과 바람의 내면을 밖으로 표출하는 이야기들이기에 우울하고 슬픈 독백으로 시작해도 끝내 꽃(花)바람으로 승화시켜낸 작품을 통해 화자가 아직 하고 싶은 말이나 일들이 많음을 알 수 있었다.

'부대끼며 몸살을 앓아도/숲은 나비처럼 깨어난다' 이끼의 꿈처럼 '엄마의 얼굴에도 모처럼/노오란 꽃이 핀' 봄 같은 이야기 70편의 시 세계로 들어가 본다.

귀뚜라미 울음도 잠 못 드는 밤
장독대로 파고드는 고뇌가
달그림자 아래
짙어만 가고 있었다

들숨 날숨
켜켜이 쌓였을 외로움
달빛으로 태워가는 붉은 눈동자

처연한 너의 모습은

좌표 없이 하늘길 가르고
어둠에 실랑이는 빗금 하얗다

갈등의 긴 여정
희미하게 그려지는 얼굴이
앞마당 무화과 나무에 걸렸다

아픈 시련을 뛰어넘을 수 있을까
매달아 놓은 소망이
반짝이는 별 하나의 숫자를 세듯
바람에 한들거리고 있었다

『달에게 2』 전문

　　바람이 지나간 자리에 물 덤벙 술 덤벙 시나브로 드러 누워 있는 것과 서리 맞은 뒤의 굼실굼실한 여물 냄새는 늘 백악기 전부터 똑같이 풍긴다. 철 지난 뒷모습은 어찌 저리 다른지 곡간을 가득 채운 나락의 넉넉함과 제자리에서 생을 다하는 갈대의 쓸쓸함을 보면 모두 진한 그리움만 남기고 계절이 저만치 물러간다.

　　〈달에게 2〉의 귀뚜라미 울어 잠 못 드는 밤은 계절 중 고즈넉한 가을밤에 해당된다. 어스름한 달빛은 댓잎에 묻어 지나가고 학 떠난 빈 둥지에 쓸쓸한 달빛만 남더라도 그리움으로 살 떨리는 몸부림은 그 누구도 막을 수 없으며 푸른 바람도 멈출 수가 없다.

　　빈 담장을 타고 오르는 장미 가시에 피가 흐르고 숯덩이에 잉걸불이 힘스레 타더라도 그 순간 욕망처럼 강렬하진 않을 것이다. 교교히 흐르는 달빛 아래 갈증만 더하는 밤이다.

'붉은 그리움 하나' 짙게 묻어나는 달빛은 장독대나 토방 뙤창 너머로 들어는 곳이나 화자의 마음 하나에 따라 달빛을 집어삼킬 수도 있다. 그 달빛에 잠겨버릴 수도 있는 쓸쓸한 가을밤이지만. 시인은 캄캄한 밤에도 달빛 하나만 있으면 '매달아 놓은 소원들이 휘영청' 달빛에 한들거리며 넉넉한 여유를 가지게 된다.

외로움이란 역설적으로 표현하면 강한 열망이라고 할 수 있다. 그 대상은 자연에서 찾을 수도 있고 가족이나 연인 그 누구든 설정하기 나름이며 짙은 회색빛이라기보다는 시인의 마음처럼 붉은 그리움인 것이다. 김지연 시인의 그리움은 오랜 시간이 지나도 변함없이 현재진행형으로 가고 있다.

고향의 장독대나 토담, 뙤 창에서 시가 탄생하고 있음은 화자가 짙은 향수에 젖어 있는 상태에서 달빛과 대화를 나누며 붉은 그리움을 오히려 차분히 가라앉히고 있다는 것이다.

김지연 시인의 아득한 저 시간 너머의 기억은 슬픔으로 점철돼있지 않고 뜨거운 가슴으로 자리 잡고 있으며, 달빛에게 고하는 기도문과 같은 한편의 시는 결코 과장된 허세나 욕망이 들어있지 않은 겸손한 소원이며 '달빛 삼키며 깊어지는 목마름'처럼 시공을 초월해서 계속되는 잔잔한 갈망인 것이다.

바람도 내려앉은 밤

묶어 놓은 영혼 속의 고독이
둑에 홀로 앉았다 흔들리는 강물은
주름치마 길게 펼쳐 놓고
시린 가슴으로 흐른다

물결 이는 그리움
반짝이는 물빛 사이로
젖어 드는 그대 숨결
청춘은 간 곳이 없다

해진 옷 같이
늙어 가는 세월 앞에
미로의 얼룩진 이름

달빛 어루만지는
강물은 말이 없고

밤이면 주마등처럼
스치는 여정으로
등에 깃드는 적막함

바람 따라오는
풀잎이 하나 둘 모여서
동트는 아침을 기다린다

『인향(人香)』 전문

인향(人香), 사람의 향기는 곧 자연의 향기일 수밖에 없을 것이다. 세속에 물들어 허세와 가식이 덕지덕지 붙어 있는 사람에겐 인향이 나올 수 없기 때문이다. 흔히 표현하는 사람 냄새는 흙내에다 많이 비유를 하고 거기다 양념을 첨가하면 막걸리나 소주 또는 담배 한 개비를 덧붙이는 경우가 많다. 지극히 보편적인 사람들을 일컬어 사람 냄새가 난다고 한다.

시에서 말하는 고독과 쓸쓸함은 짙은 물 냄새를 풍긴다. 그렇기에 1연에서 말하듯 '시린 가슴으로' 흐를 수밖에 없을 것이다. 2연에서 '물결 이는 그리움'으로 시작해 '젖어 드는 그대 숨결'로 표현한 것도 애쓰런 마음을 비유해놓은 것이지만 애타는 마음은 곧 불타는 마음, 붉은 갈망일 수밖에 없다.

화(火)한 마음은 곧 화(花)한 마음으로 붉은 꽃이 피는 열망의 마음이 될 수 있다. 김지연 시인은 3연에서 '헤져가는 세월 앞/미로의 얼룩진 이름'으로 시작된 물 냄새 나는 진한 그리움의 대상을 마지막 6연에서 '바람 따라오는/풀잎 하나들도 모여서/동트는 아침을 기다린다'고 마무리 지었다. 아직도 끝나지 않았음이다.

바람 따라 오는 풀잎은 미로처럼 얼룩진 그리움의 대상이며 동트는 아침은 화려한 만남을 의미하기에 화자는 지금 찬연한 꽃피는 아침인 봄을 애타게 갈망하고 있는 것이다.

'달빛 어루만지는/강물'은 시간 앞의 계절로 보면 가을의 한가운데에 해당된다. 화자는 시린 가슴 부여잡고 있는 가을의 쓸쓸함보다 꽃피는 봄을 더 그리워하고 있다.

여기서 김지연 시인은 가을의 물결 위에 어리는 가을 달빛과 바람으로부터 봄을 지향하며 물빛 바람에서 동트는 아침의 바람으로 투시하는 솜씨가 예사롭지 않다.

쓸쓸함에서 찬연한 봄, 동트는 아침으로 시공을 초월하는 대상의 배치는 시인의 시야가 넓다는 것으로 조그만 관찰 하나에도 우주를 볼 수 있는 광대무변(廣大無邊)함이 들어있음을 알 수 있다. 바람으로 출발해 바람으로 가는 시의 경우 마무리를 긍정적으로 하며 창조적인 에너지가 살아있음을 느낄 수 있기 때문이다.

그런 시는 독자들에게 삶의 위로와 희망을 안겨주는 효과가 매우 클 수 있다. 쓸쓸함에서 출발해 쓸쓸함으로 귀결되는 그리움을 노래한 시들도 많은데 김지연 시인의 작품에선 전환과 반전의 에너지가 강함을 읽을 수가 있다.

'오래된 것은 새로운 것에 의해 잊혀진다'는 말이 있다. 다른 사람을 평가함에 있어 가장 새로운 인식이 주도적인 인상이 되어 이전에 형성된 평가는 사라진다는 하인츠의 심리학 이론이다. 작품에서 김지연 시인은 갈등과 반전의 묘미를 잘 살려내는 문장 구성을 전개하여 안과 밖이 다르듯, 물빛 그리움과 얼룩진 기억들을 창조적인 에너지로 전환 시키는 힘이 강함을 알 수 있다.

깃털처럼 다가서는 미풍
구름 따라 흐르고
숲속의 은밀한 계곡
너와 나

공존하는 공간이 황홀하다
외진 늪 밀실 삼아
서성이는 청정바람
바위틈에 앉으면
포대기 깔아 연한 줄기 앞
산통으로 튀는 물살
연록의 빛
억겁의 사랑

부대끼며 몸살을 앓아도
숲은 나비처럼 깨어난다.

『이끼의 꿈』 전문

　　이끼는 축축한 음지에서 자라는 비관다발식물이다. 습한 곳에서 자리 잡기 때문에 곰팡이와 떼려야 뗄 수 없는 관계다. 물론 그 종류별로 생장하는 장소가 다를 수는 있겠지만 그렇게 멀지 않은 관계인 것은 틀림없는 사실이다.

　　그런데도 김지연 시인은 〈이끼의 꿈〉에서 함께 공존하며 이왕이면 '청정바람/바위틈에 앉으면' 좋겠다고 억겁의 사랑으로 비유하며 소원을 싣고 있다. 작품에서 '너와 나'는 대상인 이끼를 바라보는 시인과의 관계를 설정한 것일 수도 있고, 자연에서 이끼와 공생하는 대상인 물, 바람, 바위, 은밀한 계곡 어느 곳일 수도 있다.

　　마지막 연에서 '부대끼며 몸살을 앓아도/숲은 나비처럼 깨어난다'고 마무리 지은 것도 이끼의 꿈은 어쩌면 사람과 사람 사이의 관계 또는 사람과 자연 사이의 떼려야 뗄 수 없는 공존 관계를 말하는 것일 수 있다.

장자의 제물론(齊物論)에 나오는 호접지몽(胡蝶之夢)에서는 장자가 나비가 되는 꿈을 꾸고서 인생의 덧없음을 말했지만. 김지연 시인의 〈이끼의 꿈〉에서는 현실의 본질을 정확히 알고 자아와 외부세계 사이의 경계에 접근하지 않으면서도 공존할 수 있는 철학적 주제로 탐색하고 있는 것이다.

호접지몽(胡蝶之夢)에서 장자는 인간존재의 제약에서 벗어난 기쁨과 해방을 노래했지만 〈이끼의 꿈〉에서는 이끼의 존재를 배척의 대상이 아닌 함께 어울렁더울렁 나비처럼 춤을 추며 공생할 수 있는 존재로서 인식하고 있다는 데 그 차이가 있다.

시인은 자연의 순환이치를 억겁이 지나도 변함없다는 관계설정을 하고 있다. '공존하는 공간이 황홀하다'는 것은 허무주의가 아닌 생태주의를 말하고 있음이며 이 시는 자연스럽게 '생태 시'에 해당된다고 할 수 있다.

'숲속의 은밀한 계곡'에서 모든 생태의 원천을 자연의 동식물이나 인간 사회의 '은밀한 계곡'에서부터 출발하는 것은 부인할 수 없는 사실이다. '숲은 나비처럼 깨어난다'는 것도 사실은 나비가 숲에서 태어나듯 공존하는 숲도 나비처럼 함께 호흡하며 태어난다는 의미이다.

사람이 살다보면 쉬어가고 싶을 때도 있고 마침표를 찍고 싶을 때도 있다. 때론 쉬어가며 버텨내야 할 때가 있다. 호접몽(胡蝶夢)이라는 반대개념의 정신세계를 추구하며 현상과 그 변화의 근본원리가 자연에 있다고 보는 세계관에서 출발한 이 시는 아주 지극히 현실적인 '시토피아'를 추구하는 '생태시'라고 할 수 있다. 김지연 시인의 〈이끼의 꿈〉은 현대화된 도시의 인간중심이 아닌 자연과의 공존을 노래하기 때문이다.

허허허 껄껄껄
배고픈 웃음보따리도 비어가고
질통의 한숨도 짤랑거린다
등에 모래가루가 흩어지는데도
아버지는 굽은 허리춤에
가냘픈 밧줄 하나 의지하고서
허공에서 흔들린다
땀으로 적신 아버지 온몸이
아침이슬처럼 빛나고
벗은 목장갑 눈물로 흥건하다
연장포대 들러메고
여보게 대폿집이나 들려서
막걸리나 한잔하고 가세나
걸걸한 목소리 그 목소리
우리 아버지

『하루』 전문

김지연 시인의 '하루'는 시 전체가 역동적이고 활발하다. 중간 행에 '아버지는 굽은 허리춤에 / 가냘픈 밧줄 하나 의지하고서 / 허공에서 흔들린다'며 눈물의 기억을 떠올리지만 아버지는 언제나 넉넉한 웃음과 호흡으로 세상을 다

마시고 있었다.

노동의 하루는 참으로 고단하다. 특히 제조업에 종사하는 노동은 거의 동일한 패턴으로 돌아간다. 그에 비해 자유로운 영혼이 되어 공사현장을 유빙처럼 떠돌며 막일하던 화자의 아버지는 더 위태로운 삶을 살아온 것일 수 있다.

제조업 종사원이든 건축현장이든 그들은 어김없이 새벽길 떠나는 나그네들이 된다. 아내가 차려준 더운밥 한 그릇으로 먼 하루 노동에 힘을 보태거나 아침밥을 거르고 피곤한 발걸음을 옮기는 사람들도 있다.

가방 든 사내, 고개 숙인 사내도 보이고 뺀질뺀질한 사내, 초췌한 사내도 보인다. 이 땅의 모든 아버지들은 그렇게 같은 시간대에 집을 나선다. 시인의 아버지도 '연장 포대'나 '연장 가방'을 든 채 무쇠 구두 같은 발걸음을 옮겼을 것이다.

그러나 김지연 시인의 아버지는 늘 털털하고 여유롭게 호기를 부리며 넉넉한 막걸리 한잔으로 고단한 일상을 다 마셔버리고 '허허허 껄껄껄/배고픈 웃음 보따리'를 비워냈다. 이제는 세월의 강을 건너 '걸걸한 목소리 그 목소리/우리 아버지'가 그리워진다.

알고 보면 사람이 익어가는 거나 사랑이 익어가는 것이나 홍어나 막걸리가 알맞게 숙성된 거나 우리네 인생살이가 다 그런 것일 수 있다는 넉넉한 낙관주의가 이 시의 핵심이라고 할 수 있다. 아버지는 막걸리 한 사발에 홍어한 점이면 입이 그냥 헤벌쭉 벌어진다. 그때나 지금이나 순댓국집 현관의 흩어진 신발들을 보면 먹고 사는 게 다

그렇겠거니 싶다.

　제조업 종사원이든 공사현장 일꾼이든 퇴근 이후에 허기를 달랠 곳은 포장마차나 대폿집이었던 아득한 시간의 강 저편 너머 그리운 시절이 있다. 저문 강 너머 온통 핏빛인 산허리에 멈춘 하늘은 붉은 선짓국 맛이다.

　퇴근길 실비집 석쇠 위에 놓인 막창, 닭발, 주먹 갈비는 지글지글 타는 저녁놀이었고, 한숨처럼 내뱉는 담배 연기는 허기진 속을 달래주었다. 다시 올려놓은 돼지갈비의 푸수수 피어오르는 밤의 향기에 저녁놀은 허물어지고 담뱃불도 명멸하는 연탄불도 사그라지면 '어기영차' 뱃노래 같은 소리를 웅얼거리며 우리네 아버지들은 그렇게 하루를 삼키며 집으로 발걸음을 돌렸다.

　이제는 저 먼 산에 계신 아버지도 말이 없고 산에 있는 바위도 말이 없다. 한평생 고단했던 삶이었지만 올곧게 살아오신 아버지는 큰 산이 되어 시인의 가슴에 다가온 것이다. 어쩌면 단 하루도 봄인 하루가 아닌 고단한 하루였기에 화자의 가슴엔 먹먹함과 함께 천불천탑이 차곡차곡 쌓였겠지만 이젠 아버지도 평안을 찾았고 김지연 시인도 마음의 안정을 찾을 때다.

　세상을 사랑하는 것과 어떻게 바라보며 사유하느냐는 사물을 어떤 관점으로 보느냐에 따라 달라지는 것이다. 시인은 넉넉한 심성의 아버지를 만나 따뜻한 세계관과 함께 넉넉한 마음마저 지녔으니 아버지의 털털하고 여유 있는 막걸리 한잔을 잊지 않고 희망의 불씨를 지펴가는 중이다.

　작품에 내재 되어 있는 무쇠 구두 같은 삶의 무게감은

아버지의 맑고 순수한 심성으로 어느덧 치유되며 시인은 호수같이 잔잔한 마음이 될 수 있었던 것이다. 상황이 여의치 않았기 때문이기도 했겠지만 아버지는 큰 욕심 한 번 내 본 적 없이 막걸리 한잔에 늘 봄을 맞이하면서 사셨던 것이다. 이제 시인의 마음도 봄이다. 그 하루는 그 하루(봄)였던 것이다.

몽환의 숲속으로
부서진 몸을 세워
낯선 길을 나선다
짙게 밴 시름 걸어
겨울바람 등에 업고
조각난 가슴 꿰어 가는 길
펼쳐진 그늘
모퉁이에 내려선
청명한 저녁의 별빛
메마른 갈잎
이불 삼아
하룻밤을 멈추었다
그 무엇 채울까 기도하는 순간,
하늘 가득
쏟아져 내리는 눈망울
몽상으로 채웠던 세상의 이야기에
귀를 달아 주었다

『꿈 하나』 전문

몽(夢)이다. '몽환의 숲속'이란 것은 비존재와 비현실의 것들을 의미한다. 창조되지 않은 꿈의 세계로 여행을 떠난다는 것은 가짜 세상에서 행복감을 찾으려는 현실 같지 않은 현실인 도피적 현실을 쫓아가는 것과 같다.

꿈의 세계에서는 다양한 정체성과 상황에 따라 다양한 해석이 있을 수 있다. 그곳에선 현실에서의 행동 패턴과는 다른 일들이 전개될 수 있으나 언제나 결말은 해체 또는 허무함으로 끝나는 경우가 대부분이다.

〈꿈 하나〉에선 첫 시작을 겨울로 들어갔다. 북풍한설에 눈발이 휘몰아치던 날 말똥처럼 퍽퍽 눈이 내리던 그 밤이 지나면 신새벽에서 한낮이 돼도 녹지 않는 처마 끝 고드름은 칼날이 되어 누군가의 심장을 노리는 듯하다. 그 눈길을 향해 발을 떼는 걸음은 작품에서처럼 '겨울바람 등에 업고／조각난 가슴 꿰어 가는 길'일 수밖에 없을 것이다.

시인은 그 차가운 겨울처럼 모진 시련과 아픔을 겪는 동안 차곡차곡 내면에 쌓이고 응어리진 하지 못한 말들이 많다. 차마 입 밖으로 못 내밀고 삼킬 수밖에 없었던 그 지난한 시간 속의 이야기들은 '하늘 가득／쏟아져 내리는 눈망울'들이 귀를 기울여 준 것이다. 시인은 그들과 밤새 그동안 하지 못했던 이야기보따리를 하나 둘 풀어내고 있는 것이다.

'몽상으로 채웠던 세상의 이야기에／귀를 달아 주었다'는 것도 하지 못한 이야기를 삼키기만 하면 내면에서 저마다 이야기보따리가 터져 나와 중구난방으로 시끌벅적 야단법석을 칠 수밖에 없다. 어느 시점이 되면 마음의 병

이 되기 전에 털어내 주어야 한다.

　시인은 지금 〈꿈 하나〉에서 꿈속과 꿈 바깥의 우주와 대화를 하며 차곡차곡 쌓인 보따리를 풀어내며 마음을 비워내고 있는 중이다. 시인도 '쏟아져 내리는 눈망울'들과 대화를 하고 그들도 시인의 이야기에 귀를 기울여주는 것이다. 시인이 느끼는 '청명한 저녁의 별빛'은 정화(catharsis)가 돼가는 마음이 준 선물이다.

　만해 한용운 님의 추야몽(秋夜夢)은 초기의 일본 시 '하이쿠'를 연상케 할 만큼 짙은 허무주의와 반어법을 구사했다면 김지연 시인의 〈꿈 하나〉는 쓸쓸함을 쓸쓸함으로 귀결시키지 않고 자연스럽게 시적 이미지를 반전시켜 주는 기법을 효과적으로 구사해 낸 솜씨가 예사롭지 않다.

　'오셨던 님 간 곳 없고', '님의 손길 어디 가고/이불귀만 잡았는가', '달그림자 기운 뜻에/오동잎이 떨어졌다' 추야몽(秋夜夢)의 우울한 시 구절에 비해 〈꿈 하나〉에선 '그 무엇으로 채울까', '귀를 달아 주었다'는 몽(夢)을 몽(夢)으로 허무하게 끝내지 않고 심해 잠수사들이 감압으로 천천히 몸을 풀어주는 것처럼 마음을 치유해주는 작품이다.

눈이 펼쳐진 하얀 세상
볼을 베어 갈듯
차가운 바람 맞고서
시린 발 동동 구르며
허술한 포장 마차로 들어섰다
주인아저씨의
오래된 라디오에서

흘러나오는 옛 노래
아련히 배여 나오는 담소들
허술했던 마차에도 시절이 있었다.
통기타 가수의 꿈을 키우며
금지곡을 연주하던 동네 오빠도
노래를 잘 부르던 친구도
신문사 일 하면서 집안을 돌보던 친구도
떠들썩 웃음소리가 귓가에서 떠나지 않았다
연탄불 앞
지난날 열기는 깊어지고
귀에 익은 연주에
나는 한 줄 시를 읊었는데
첫눈이 내리는 날
뽀드득 뽀드득 발 소리로
나는 또 새하얀 새 편지를 쓰고 싶었다

『첫눈 내리던 날』 전문

'첫눈 내리던 날'의 풍경을 떠올리면 누구에게나 아름다운 옛 추억이 하나쯤 있을 것이다. 소리 없이 내리는 눈이 눈같이 오는 저 눈은 누가 누구에게 주는 은총인가 싶도록 포근하고 기쁜 날이었을 수도 있다. 첫눈은 그냥 잠시 왔다 가지 않고 한참이나 내리고 쌓인다.

그 눈은 온 세상에 지저분한 것들을 모두 하얗게 덮어주고, 잠시나마 꼴같잖은 것들을 보지 않게 해준다. 부디 새날이 올 때까지 개갈거리던 것들은 모두 덮어버리고 녹지 않게 소복이 쌓여 있으라고 기도하지 않아도 자꾸만 내린다.

노송 어깨 위엔 할매 머리처럼 하얗게. 하얗게 세월의 더께가 쌓이며 눈이 밥처럼 온다. 가마솥에서 끓어오르는 밥물과 피어오르는 김은 보기만 하여도 좋다. 차갑지만 새하얀 눈은 그저 보기만 하여도 좋다. 향기로운 커피 한 잔에 소복이 쌓인 새하얀 눈 한 숟가락 푹 떠 넣어 부드럽게 후루룩 마시고 싶다.

시를 쓴다는 건 시인의 마음이 휴머니스트이기 때문이다. 시인은 늘 불가능한 꿈을 꾸는 휴머니스트이다. 시적 상상력이라는 것은 유토피아를 그려보는 것이지만 보다 더 현실에 가까워질수록 불온한 상상은 하지 않게 된다. 그래서 시의 세상. 시의 마을을 그리워하는 것을 두고 시토피아의 세계라고 부르는 것이다.

첫눈 내리는 겨울은 북풍이 앙상한 나뭇가지를 더 을씨년스럽게 만들고 죽음을 연상케 할 정도로 혹독한 계절이지만 눈 내리는 날만큼은 온 세상에 평화가 온 것처럼 마음이 포근해진다.

김지연 시인은 '차가운 바람 맞고서/시린 발 동동 구르며' 들어선 포장마차 안에서 순간이동을 하며 시간여행을 즐기고 있는 중이다. 겨울 눈 오는 날 포장마차에는 무수히 많은 옛 추억이 들어있다. 그곳엔 사람 사는 냄새도 들어있다.

바람벽에 힘겹게 기댄 바람 부는 술집은 겨울날 항상 낡고 널장인다. 가벼운 인생들이 허기를 채우기 위해 바람 부는 날 찾는 골목길 어귀에 있기 때문이다. 너덜거리는 술막길 한 귀퉁이에 자리 잡고 인생의 끝자락을 질기게 드잡이하고 힘겨운 인생들이 목을 축이는 곳이 포장마차나 대중 실비집이다.

그리운 마음으로 밤새워 잔을 돌리고 꽃처럼 밤새워 웃고 울어도 누구 하나 나무라는 이 없는 곳이 바로 그곳이다. 바람 부는 날이나 눈 오는 날이면 가고 싶은 곳이기도 하다.

들난이 바람이 불어오고 바람 살결이 낡고 너덜거려야 더 분위기가 살아나는 곳이기도 하다. 오늘도 구부렁거렸으면 좋겠다고 생각하면 어김없이 눈이 내리거나 비가 온다. 사람의 향기가 늘 배어있는 곳이기 때문에 그곳은 마음의 고향 같기도 하다.

눈 오는 날을 좋아하는 심리는 과거의 나쁜 기억들을 정화하며 깨끗한 마음으로 새롭게 시작하고 변화하려는 마음이다. 지나간 시간의 일들은 한 페이지로 넘기며 내면의 평화와 고요를 찾고 싶은 것이다.

눈 오는 것을 좋아하는 심리는 더러운 것을 싫어하고 늘 현실에서 새로움을 추구하고 싶은 마음이며, 문화예술에 종사하는 사람들이 대부분 눈 오는 날을 좋아한다. 패션(fashion) 감각이나 스타일을 늘 새롭게 추구하려면 열정(passion)이 있어야 한다. 김지연 시인도 안주하지 않는 열정을 갖추고 있기에 시를 창작하는 감각이 남다르며 작품에서 깔끔한 면이 드러난다.

조금은 슬픈
쓸쓸함이 느껴지는

너의 미소
다시 그리워할 수 있을까!
지쳐버린 영혼
쉬어갈 곳 어디에
흘러가 버린 세월
젖은 풀포기에 주저앉아
갈구하지 않아도 내리는 겨울비
우산도 없이 내리는 눈물

『그림자 하나』 전문

그림자는 사물이나 빛을 가릴 때 물체 뒤의 어두운 곳 즉 실루엣이나 브라인더가 가려진 곳을 말한다. 여기서 '그림자 하나'는 시인이 떨쳐내고 싶은 젊은 날의 어두운 잔상이며 자아의 무의식 한 곁에 존재하는 또 다른 '나'이다.

마지막 연에 '어느 타인의 숭고한 계절에 숨고 싶다'는 것은 무의식 속에 존재하고 있는 화자의 열등한 성격을 떨쳐내며 사회적이고 외향적인 쪽으로 전환하고 싶은 욕구이며, 그 방법으로 페르소나(persona)를 활용하겠다는 마음의 표출이다.

2연에서 '비틀거리는 가로수에 기대어 / 어루만지는 그림자 하나'는 자신의 그림자를 이미 오래전부터 알아보고 있었다는 것이고 이젠 거기서 벗어나야 한다는 걸 깨달아 가며 성숙해져 가는 과정인 것이다.

그림자라는 것은 결국 화자 자신의 상처받은 내면을

말하며 심리학에서는 그것을 '아이'라고도 한다. 그 '아이'가 치유되면서 그림자의 어두운 면에 숨어있던 자아를 끄집어내어 브라인더 밖으로 나갈 수 있도록 해주는 과정에서 이 작품을 쓴 것으로 보인다.

가로등 불빛도 그 아래엔 그림자가 존재한다. 그 아래에서 묻혀서 간다는 건 결국 자아를 잃어버린 채 방황을 계속하며 브라인더 안쪽으로 숨는다는 것이다. 비틀거리는 가로수도 흔들리는 자아를 지키지 못한 채 어둠 속에 잔영을 묻어두고 있는 상태인데 자신의 그림자를 비틀거리는 가로수로 전치 시켜 심리적인 방어기제로 활용하고 있는 것이다.

화자는 지금 극복해야 할 그림자를 여전히 '어느 타인의 숭고한 계절에 숨고 싶다'고 표현하며 회피하고 있는 상태로 보이지만, 그것은 지극히 오해였을 뿐 타인의 숭고함에 올라타고 싶다는 의미의 완곡한 표현인 것이다. 결국 화자는 이제 브라인더 밖으로 빠져나온 현실 세계에서 들숨과 날숨을 자각하며 지난 시간의 그림자에서 초월해 나가고 있음을 알 수 있다.

여기서 그림자 하나는 화자 자신이 스스로 현실을 거부하거나 심리적으로 거부하거나 억압해온 방어기제의 일부분일 수 있다. 그 그림자는 화자의 일부분이긴 하지만 보려 하지 않거나 이해하지 못해 극복할 수 없었던 잔영이다.

여기서 잘못 이해되거나 투사된 부분이 있다면 서문에서 시인이 밝힌 것처럼 부모와 자녀와의 관계나 혹은 부부 사이의 문제 등 이런저런 문제를 해결하거나 비껴가지 못했기에 남았던 앙금 즉 잔영일 수 있다는 것이다.

　다만 제목에서 그렇긴 하지만 시 내용에서 보면 젊은 날 잔상이었을 뿐 전체적으로 극복해내려는 의지가 보이고, 이미 벗어나서 '어느 타인의 숭고한 계절에 숨고 싶다'고 드러낸 마음은, 기왕이면 어느 멋진 사람을 모델로 자신도 화려하게 자신감을 회복하며 복귀하고 싶다는 의지를 표출하고 있는 것이다.

까치발로 높이 치켜드는 장대
이리저리 휘젓다
제풀에 겨워 넘어지고
쓰린 손바닥 후-불며
털어내던 흙먼지
저렇게 높은데 어떻게 따지
어린 동생의 걱정 한마디
나는 내심 주문했다
삼촌이 얼른 왔으면
금방 딸 수 있을 건데
여운을 맞잡고 휙휙
이리 돌고 저리 돌고
덩달아 옮아 도는 동생들
온종일 장대 끝만 바라보았다
그날 밤
달님께 빌어보는 마음
홍시 하나만 따게 해주세요
하늘높이 올라 간

몇 개 남지 않은 까치밥
홍시 따는 꿈 때문인지
우리들의 종아리가 부쩍 길어났다

『홍시』 전문

'홍시'의 의미는 계절의 변화를 내포하고 있으며 까치
발 드는 행위는 새로운 변화와 시도를 의미한다. 가는 사
람 잡지 않고 오는 사람 막지 않는다는 말처럼 오고 가는
사계절의 변화는 이제 아쉬워하거나 반갑지도 않은 무심
함으로 담담하게 받아들이는 것이다. 김지연 시인은 오래
된 옛 추억을 회상하며 홍시를 딸 때 장대 끝을 바라보며
아쉬워하던 기억을 떠올리고 있다.

'몇 개 남지 않은 까치밥 같은 홍시를/따는 꿈 때문인
지/우리들의 종아리가 부쩍 길어 났다' 여기서 그 종아리
는 훌쩍 커버린 현재 시점일 수 있다. 과거 시점으로 건너
가서 까치발 들어 종종거리던 그 소녀와 어린 동생은 이
제 성인이 되었지만 지금도 간혹 그 시절을 그리워하는
것이다.

'까치발'의 의미는 강렬한 열망 또는 소망의 발로(發露)
이다. 그 소녀와 어린 동생의 소망은 장대를 이리저리 휘
젓다가 하나 따거나 떨어지면 맛있게 먹을 수 있는 홍시
에 겨냥이 돼 있다. '그날 밤/달님께 빌어보는 마음/홍시
하나만 따게 해 주세요'와 같은 열망이 있으면 소원은 소
원이 아닌 현실로 다가올 수도 있다.

'저렇게 높은데 어떻게 따지'라고 까치발 들던 어린아

이들은 이제 세월의 강을 건너 홀쩍 커버린 성인이 돼 있으니, 언제라도 가을이 오면 감 하나 정도는 쉽게 따서 먹을 수도 있고 시장이나 대형마트에서 구입 할 수도 있다. 하지만 까치발 들고 안타깝게 장대를 휘젓던 그 시절 홍시에 대한 소망보다는 간절함이 떨어졌을 수도 있다.

너무 맑아 시린 눈물 나는 하루, 성인이 되어 찾아가는 고향엔 반겨주는 이 하나 없이 삐걱거리기만 한 고향집, 풍성하다 못해 아주 푸르른 감잎들이 무성하다. 가을, 또 이별의 시간이 다가온다. 붉은 홍시가 무시로 익어가도 아무도 쳐다보는 이 없는 시골 빈집, 막막궁산의 시간 속에 감나무는 홀로 이별하며 내년을 기약한다.

우듬지 끝에 매달린 외로운 감은 자물림하며 희망을 물어올 까치를 기다리는 것일까. 속절없는 기다림의 시간 속에 김치가드락은 세상 밖으로 나오지도 못한 채 항아리 속에서 늘 편하게 곰삭아 가고 있다. 그것조차 거부할 수 없는 삶의 일부분이다. 이별이 있기에 새로운 희망이 있는 것이다. 다시 찾아올 내일을 끌어당기며 나무는 붉으레미하게 별 바라기를 한다.

세월의 강 또는 시간의 강을 표현한 작품이나 회한의 말들은 대부분 그 누구도 피해갈 수 없는 도도한 세월이라거나 검은 머리카락이 새하얀 백발로 변했다거나 하는 나이테의 흔적으로 말하는 경우가 많다. 세월의 무상함을 허무함으로 드러내는 것이다. 고향을 노래할 때도 마찬가지다.

김지연 시인은 까치발 들며 그 간절했던 어린 시절 소녀에서 세월의 강을 홀쩍 뛰어넘어 긴 종아리의 성인이

된 현재 시점, 시인으로서 회한에 잠기거나 생을 반추하는 것보다 지금도 여전히 새로운 변화를 추구하고자 발돋움하는 마음을 드러내고 있는 것이다. 부쩍 길어진 그 종아리는 어쩌면 화자의 시원한 카타르시스라고 할 수 있다.

불행했던 자신의 과거든 행복했던 모습이든 성인이 되어 시공을 초월한 시간여행을 통해 다시 돌아보았을 때 이미 정신력이 단단해진 지금 시점에선 그 모습들이 새삼스러울 수도 있고 안타깝거나 혹은 귀여울 수도 있을 것이다. 추억앨범을 다시 꺼내 들여다봤을 때의 느낌이 바로 그럴 것이다. 이젠 낙낙한 여유로움에서 옛 사진이나 잔영을 떠올려 투영시켰을 때의 느낌처럼 홍시는 풍요롭고 한가롭게 매달려 있는 것이다.

불어오는 바람 웅성이다
살가운 언덕으로
떨어지는 고독한 밀어
수많은 인연의 고리
목마른 그리움 징표되어
땅에 묻히면
시간이 흘러 피어나는 하얀 날개
지나간 이야기로 피어난다
모두의 가슴에 남아 있는
홀씨 한 톨들

『홀씨』 전문

'홀씨'는 자연 생태계에서 생명의 근원이나 탄생, 부활을 의미한다. 그런데 홀씨는 무성생식을 하는 포자류(버섯 등)에 식물이고, 벌레를 통해 번식되고 흔히 잘못 이해한 '민들레 홀씨'의 민들레는 겹씨 이 되므로 충매화(蟲媒花)라고도 한다.

충매화는 곤충에 꽃가루가 수정돼 발화하기 때문에 그렇게 부른다. 바람에 날려서 꽃가루가 이동되는 것을 풍매화(風媒花)라고 부른다. 작품 '홀씨'에서는 '불어오는 바람 웅성이다 / 살가운 언덕으로 / 떨어지는 고독한 밀어'라고 표현했기에 풍매화를 말하고 있다.

여기서 시인은 '지나간 이야기'로 '홀씨 한 톨'을 비유했기에 무수히 많은 '말'들과 단어라고 할 수 있으며 그것들은 모두의 가슴 속에서 끄집어내어 순환의 원리에 따라 부활시키려는 열망을 품고 있음을 알 수 있다.

바람 따라 이동하는 그 살가운 언어들이 땅바닥에 떨어지면 '고독한 언어'가 되고 자칫하면 영영 묻혀서 생명력을 잃어버릴 수 있는 죽은 언어가 될 수 있기에 '목마른 그리움'으로 환치시켜 살리고 싶은 마음을 드러내고 있다. 결국엔 모두의 가슴에 남아 있는 '홀씨 한 톨들'의 말과 단어들은 조합이 되어 '지나간 이야기로' 피어나고 있다.

봄이면 화려한 꽃이 피어나는 수종 중에서 국내 고유 수종인 왕벚꽃(왕 사쿠라)과 겹벚꽃(겹 사쿠라)이 있는데, 왕벚꽃은 은근하게 피어나서 제자리를 오래 지키는 반면 겹 벚꽃은 화려하긴 하지만 확 피었다가 확 떨어지기 때문에 성질 급한 일본인의 기질에 비유를 많이 한다. 요즘엔 한국인의 성향도 급한 면이 있어서 그에 못지않다고 할 수 있다.

부활(復活)은 쇠퇴한 것이나 없어진 것이 다시 성하게 일어나는 것을 말하고, 순환(循環)은 현상이나 변화과정이 주기적으로 반복되는 것을 말한다. 턴테이블 위의 LP판이나 카세트테이프는 일정하게 돌아가다가 끝이 되면 멈춰버리지만, 다람쥐 쳇바퀴는 다람쥐가 지쳐서 휴식을 취하는 시간 외엔 계속 돌아가게 된다. 그러나 그것들은 유한적이고 제한적일 수밖에 없다.

자연 순환계는 계절의 변화와 시간의 이동에 따라 생성과 쇠퇴, 소멸을 끝없이 반복하게 된다. 김지연 시인은 '홀씨'에서 '생태 시'를 통해 '홀씨 한 톨들'의 부활을 말하고 있다. 가슴에 묻어둔 말이나 땅에 묻어둔 '홀씨 한 톨들'이나 한 바퀴 순환시켜줘야 새 생명을 탄생시킬 수 있기에 그 생명의 불씨를 살리고 풀무질을 해주어야 한다.

그 풀무질은 바로 1연 1행의 '불어오는 바람'이다. 불어오는 바람은 잠시도 머물지 않고 떠나가는 바람이 되지만 그 바람은 다시 한 바퀴 돌고 돌아 새로운 바람이 되어 나타난다. 우리는 잠시도 멈춤이 없는 새바람을 맞이할 것이고 또다시 맞이할 준비를 할 것이다. 그것이 바로 소중한 홀씨를 부활시켜주며 함께 공존하고 공생하는 자연인의 마음가짐임을 작품을 통해 김지연 시인은 말하고 있다.

불나방처럼
뛰어든 사랑 하나
살갗을 달구는 몸부림에

밤이 비틀거린다
포개지는 입술
심장이 맞닿은 순간
파도 속 모래알같이
부서지는 암벽
꿈틀대는 아늑함
화촉에 맺힌 색 구슬이
밤새 흩어져 내려
흔들리는 동공에
채워진 듯 비워진 듯
피곤한 육신이
불빛을 타고
새벽을 끌어올리고 있다
하룻밤 그윽이 미치던 날
너와 나 사랑이 붙고 말았다.

『연리지』 전문

연리지는 어떻게 보면 갈등 관계일 수도 있고 연인들의 사랑놀이일 수도 있는 특수한 상황이라고 할 수 있다. 서로 같거나 다른 수종의 나뭇가지나 덩굴이 얽히고설켜 얼핏 보면 서로 다투거나 없으면 죽고 못 사는 관계처럼 사랑을 하는 모습일 수 있다.

갈등은 칡과 등나무가 서로 복잡하게 얽히는 것처럼 사람 관계나 집단들의 이해관계가 달라 서로 충돌하거나 적대시하는 상황을 말한다. 연리지도 마찬가지로 덩굴식

물이나 나뭇가지가 다른 나무를 동여매거나 겹쳐서 의지하게 되면 한 나무는 죽어가게 되는 경우가 있다.

김지연 시인의 〈연리지〉에선 '불나방처럼/뛰어든 사랑 하나'가 참으로 부담스럽고 피곤하게만 여겨졌지만, 마침내 '하룻밤 그윽하게 미치던 날/너와 나 사랑이 붙고 말았다'며 어느 날 갑자기 예고 없이 찾아온 대상도 정이 들면 불이 붙는 사랑이 될 수 있다고 마무리를 짓고 있다.

에로스(Eros)의 사랑도 시간이 지나면 아가페(AGAPE)나 플라토닉(platonic) 사랑까지도 될 수 있다는 믿음에서 출발한 것으로 보인다. 어쩌면 그것은 사랑과 믿음, 배신과 증오 같은 복잡한 문제에서 생긴 특수한 상황을 측은지심(惻隱之心)의 발로에서 받아들인 것일 수도 있다.

사실 연리지 사랑은 연인들이 아름다운 것으로 비유해서 낭만적으로 생각을 하지만 연리지 사랑 그 자체는 피곤한 관계일 수도 있다. 흔히 하는 말로 추근댄다. 또는 치댄다고 표현하는 집적거림은 말로 표현하기 힘들 정도로 거부감이 들 수 있다. 다만 그것을 아가페(AGPAPE) 사랑으로 받아들이는 건 연인이나 부부, 모자나 모녀 관계에서는 예외일 수가 있다.

김지연 시인은 〈연리지〉를 화촉에 맺힌 색 구슬에다 비유했으니, 에로스와 아가페를 오가는 정열적인 사랑의 관계였음을 알 수 있다. 여기에는 형이하학이나 형이상학적인 사랑의 이해나 해석이 따로 필요가 없어진다. 오로지 관능적인 사랑의 로맨스만 있을 뿐이다.

〈연리지〉에다 비유를 하면 치대는 과정을 얼마나 인내하고 극복해 내느냐에 따라 돌아오는 기쁨도 달라질 수가 있게 된다. 치대는 것을 외면한다면 결국 남남이 되거나 둘 중 하나는 말라죽을 수밖에 없게 되는 게 자연의 법칙이다. 나무에서 연리지가 공생관계가 되지 못하면 결국 하나는 말라죽는 것과 같다고 할 수 있다.

연리지의 원 의미는 효성이 지극함을 비유했지만, 요즘은 남녀 간의 사랑 또는 부부애를 뜻하기도 한다. 김지연 시인은 인간사 삶의 총량은 희로애락의 관계 중에서 고통을 인내하고 극복하는 내력(耐力)이 얼마나 큰가에 따라 달라질 수 있음을 '연리지'라는 화두를 던지며 메시지를 전해주고 있다.

망막에 그려 넣은 풍경이
산빛으로 깨어나고 있다
겹겹이 묻혀 가던 푸념
뜨거운 심지로 머무는 순간
흐름타던 땀방울
다가서는 미풍으로
젖은 얼굴 닦아내고 있었다
슬픈 영혼 매달은 새 울음소리
허공에 떠돌고 있다
비탈진 언덕을 구르며
달려오는 열병의 무게가
덧없이 흐르고 있었다
바람의 유혹으로
마실 나온 풀꽃의 속삭임
삶의 무게는

잎 속에 숨겨지는 붉은 꽃술
산기슭 언저리에 앉은 오늘
별꽃을 닮은 물매화가
신의 향연으로
물매화의 결정체가
탄생의 고고성을 울린다

『산 아래 피는 꽃』 전문

산야에 지천으로 피어있는 들꽃 또는 풀꽃으로 불리는
꽃들은 흔하기도 하지만 그다지 사람들에게 주목받지도
못하고 소외되는 일들이 많다. 일상에서 늘 가까이 눈에
띄어도 있는 듯 없는 듯 관심을 끌지 못한다.

정작 그런 취급을 받는 들풀이나 꽃들이 요즘은 건강을
챙기는 사람들이 늘어나고, 그 잡초 같은 것들이 아주
놀라운 약효가 있다고 소개되어 피어나기만 하면 흔적도
없이 사라져버리는 경우가 많다. 그만큼 생명을 살리거나
상처를 치료하는데 탁월한 효능이 있음을 알고 새롭게 귀한
대접을 받는 꽃이나 풀이 많아졌다.

잡초(雜草)는 애써 가꾸지 않아도 스스로 알아서 저절로
자라는 다년생 풀을 말한다. 사람들에게 외면받거나 욕을
먹으며 제초제를 뒤집어쓰면서도 사라지지 않고 끈질긴
생명력을 보존하는 악바리 근성이 있는 게 바로 잡초다.

이름이 있거나 없는 들꽃이나 들풀도 마찬가지이다.
'밟아도 뿌리 뻗는 잔디 풀처럼/시들어도 다시 피는 무궁
화처럼' 노래 가사도 있듯 〈산 아래 피는 꽃〉 작품은 전체

적으로 푸념, 땀방울, 슬픈 영혼, 허공, 새 울음소리, 비탈진 언덕, 열병의 무게 등의 시어들이 품고 있는 고통은 은근과 끈기로 극복해 내고, '별꽃을 닮은 물매화'로 에너지의 파동과 분위기를 반전시키며 끌어 올려주고 있다.

끝내 '물매화의 결정체가/탄생의 고고성을 울린다'며 그 소박하고 청초한 자태를 드러내는 모습을 보며 시인은 함께 탄성을 내고 있다. 물매화는 숙근성 여러해살이풀로서 고결, 결백, 정조, 충실의 꽃말을 가지고 있다.

못하고 제목 〈산 아래 피는 꽃〉처럼 거대한 산 위에는 올라가지 아래의 들꽃이 되어 소박하게 피는 여러해살이 풀들은 고귀한 신분 대접을 받지는 못해도 고상하고 고결(高潔)한 취급은 받고 있다. 탁하지 않으며 맑고 영롱하다는 의미에서다.

삶의 고통이 엄습하고 무상한 시간이 흘러가도 언제나 제자리를 꿋꿋하게 지키며 세상의 더러운 것에 휩쓸리지 않고 깨끗함을 간직하고 있으니 어찌 사람들의 신경과 피를 맑게 해주지 않을까. 그것이 바로 〈산 아래 피는 꽃〉의 살아있는 약효인 것이다.

김지연 시인의 시편에서 늘 간직하고 전해주는 메시지는 삶은 결코 허무하지 않다는 것이다. 시공간의 이동과 세월이라는 긴 강과 먼 길 앞에서 다소 지루하고 고달프긴 하더라도 '어디 한번 살아보자'며 세상은 알뜰하게 살아볼만한 가치가 있음을 품어 내주고 있다. 그것이 김지연 시인이 쓴 작품의 정수라고 할 수 있다.

신의 다리가 내려

신기루를 타고
오색의 단잠을 깨우는 아기씨
의복을 갖춘 여인이
영혼을 불러 세우고 있다

무얼 감지하고 있는가!

고단에 스민 슬픔, 한가득
어둠 속 얼굴, 꽈리 튼 머리가
무릎에 묻히고 있다
치유의 소리런가
영혼의 떨림

끝없이 돌리는 염주 알에
새새 소원 빌어보는 마음일까!
개울 건너 오가는 환영이
신의 형체로 드리워져
산천의 바람으로 걸어오고 있다

『여인』 전문

　'오색의 단잠을 깨우는 아기씨' 그 여인은 누구일까.
오색의 물맛이 영혼을 떨리게 할 만큼 치유 효과가 있을까.
김지연 시인은 〈여인〉에서 오색 그 자체를 의인화 해놓고
작품을 전개해 나가고 있다. '개울 건너 오가는 환영은 이미
'산천의 바람으로 걸어오고 있다'며 몸이 오싹할 정도로

차가운 물탕과 계곡 사이 골바람을 경이롭게 노래하고 있다.

강원도 설악의 약수는 16세기 성국사(城國寺) 스님이 발견하였는데 '오색약수'라는 이름은 성국사 뒤뜰에서 자라던 오색화(五色花)의 이름을 따서 지어진 이름이라고 한다. 시인이 말한 치유 효과도 약수의 성분이 나트륨과 철분이 섞여 있어 위장병과 신경쇠약, 피부병, 빈혈, 신경통 등에 효험이 있어서 그럴 것이다.

시인이 말한 아기씨도 약수터에서 선녀탕까지 이어진 코스로 이동하며 하늘에서 내려온 선녀들이 목욕하고 백옥 같은 피부로 떠나던 장면을 연상하며 은유한 것일 수 있다. 오색화(五色花)는 다섯 가지 다른 색을 가진 꽃들을 말하며 주전골 성국사 뒤뜰에서 나무가 자랐다는 유래로 '오색'이라는 명칭을 붙인 것으로 전한다.

파도처럼 밀려온 오색의 바람도 관광 온 사람들도 썰물처럼 모두 빠져나가고 단풍나무 사이를 오가는 다람쥐들만 한가롭다. 어디선가 씨알 바람이 다시 불어오고 담부랑에 가만히 앉아 있으면 오색의 맑은 물이 발밑으로 흐른다. 이 물을 그냥 먹어도 되느냐고 물으면 도시물은 누워서 흐르지만 설악의물은 벌떡 서서 걸어 내려온다고 한다.

성국사 스님의 '끝없이 돌리는 염주 알에' 산천의 바람도 물도 걸어 내려오고 있다. '무얼 감지하고 있는가!' 어쩌면 김지연 시인은 너무 백옥같이 고운 피부를 가진 선녀들을 '아기씨'에 비유했을 수도 있다. '아기씨'는 신분이 낮은 사람이 지체 있는 미혼의 여자를 높여 부르는 말인데, 여기서는 천상에서 내려온 선녀처럼 맑은 영혼이라는 말로 상징적인 의미를 썼을 수도 있다.

그처럼 맑은 물은 이른 새벽에 서둘러 마셔야 몸에 좋다고 해서인지 약수를 긷는 발걸음도 그만큼 부지런해야 한다는 것이다. '끝없이 돌리는 염주 알'은 인간이 존재한다는 그 자체만으로 마음을 괴롭히고 어지럽히는 일들이 많기에 108번뇌라는 말을 붙였고, 웬만큼 수행해서는 그렇게 쉽사리 번뇌 망상이 사라지지 않기에 안이비설신의(眼耳鼻舌身意)라는 여섯 도둑놈(六根)을, 일반 사바세계 중생들이 조금이라도 오래 살고 싶은 욕구가 강할수록 마음의 짐과 집착을 내려놓으며 방하착(放下着) 해야 한다.

잠시라도 일상에서 벗어나 가까운 계곡이나 약수터를 찾아 휴식을 취해야 방하착이 가능하기에 김지연 시인처럼 오색화가 만들어준 오색 약수터나 가까운 녹색의 공간이라도 찾으면 더욱 좋을 것이다.

삶과 죽음이 백지 한 장 차이라는 말이 있다. 삶을 허무하게 만드는 것도 모두 다 인연과 집착이 강하기 때문일 수 있다. 어떤 의미에서 김지연 시인의 〈여인〉은 삶의 경계선에서 목도 하는 인생무상의 시와는 거리가 먼 생명을 살리는 창조적인 에너지가 발산하는 자연의 '생태 시'라고 할 수 있다.

생태 시는 어떤 작품이든 분출하는 생기가 넘친다. 늘 새로운 돌파구를 찾기 때문일 것이다. 그 작업은 창조적이며 따뜻한 삶에 대한 에스프리(Esprit, 기지 재치)가 많아야만 가능한 것이다. 김지연 시인의 재치 있고 발랄한 지성이 이미 그녀의 작품을 통해서 말해주고 있다.

가로등 불빛 사이로

허공의 두 선 가르고
달려오는 빛 그림자
초점 잃은 눈망울
주홍빛 붉은 가슴

검은 비밀의 문 열어
은빛 웃음 피어나는 달빛 아래
바람이 서 있다

『홀로 도는 별』 전문

'홀로 도는 별'은 나 홀로 떠나는 여행일 수 있어 에너지가 강하지 않다면 고도에 홀로 남겨진 듯한 고독함과 쓸쓸함을 느낄 수가 있다. 외로움의 상징인 가로등이 명멸하는 불빛을 보내고 있으니 눈망울은 초점을 잃었다고 표현할 수밖에 없으며 시인은 '주홍빛 붉은 가슴'으로 헤어날 길 없는 참담한 심정에 있는 것이다.

자신의 그림자를 보고 놀라지 않고 껴안는 작업은 중요하다. 이때 심리적 방어기제로 자신의 부정적인 감정이나 상황을 타인에게 돌리는 투사의 경우와 공격하는 전치가 있는데, 긍정적인 자아 관리 방법으로 운동이나 글쓰기를 하면 효과적으로 심신을 안정시킬 수 있게 된다.

여기서 김지연 시인은 글쓰기로 평정심(平靜心)을 찾고 있는 경우라고 할 수 있다. 그 결과는 곧바로 2연에 나타나 있다. '검은 비밀의 문'을 연다는 것은 꽁꽁 닫고 있던 참담한 마음의 빗장을 연다는 의미다. 달빛 아래 '은빛 웃음 피어나는' 것은 시련의 바람이 멈추고 시인의 마음이 바람 앞에 서 있다는 의지의 표현이기도 하다.

'홀로 도는 별'은 북극성을 중심으로 별들이 돌고 그 중심인 작은곰자리의 알파 별은 방위를 찾는데 많은 도움이 되어, 첨단기기가 나오기 전인 과거에 항해와 탐험에 많은 도움을 준 별자리이다. 각각의 개체이긴 하지만 북두칠성에서 카시오페이아자리까지 하나의 띠처럼 형성 돼 있어 어쩌면 북극성은 '홀로 도는 별'이 아닐 수도 있다.

흔히 가장 빛나는 별로 알고 있는 샛별 또는 '개밥바라기별'이라고 부르는 금성(Venus)은 태양계에서 세 번째로 밝은 행성인데 바로 그 금성을 '홀로 도는 별' 또는 '홀로 빛나는 별'로 비유하기도 한다. 외로운 것과는 정반대로 금성은 태양에너지가 빠져나가지 못해 태양계에서 가장 뜨거운 행성으로 알려져 있다.

김지연 시인은 그 가장 빛나는 별을 꿈꾸는 것은 하는 일마다 모두 이루어졌으면 하는 소원성취의 바람이며 그 바람은 실제로 이루어질 수도 있다. 기쁜 일이 생길 수 있다는 강한 열망이 있다면 그 기도가 우주에 전달되어 긍정적인 에너지로 돌아올 수도 있는 것이다.

상상을 현실로 하고 싶다면 간절한 염원이 있어야 할 것이다. 김지연 시인은 〈홀로 도는 별〉에서 2연의 기도문으로 그것을 이미 실행에 옮기고 있다.

바람의 숨소리
어둠의 껍질 벗어
돌과 돌 사이

감각을 깨우고
피어오르는 물안개
끈끈한 생의 숲
가둔 시간을 풀어
초록 잎 흔들면
갈 숲을 지나서
철새들은 또 날아가고

『바람』 전문

'바람의 숨소리'가 '어둠의 껍질'을 벗었다는 것은 그림자에서 벗어나 생명의 시그널인 바람으로 호흡하고 있다는 것이다. 시인은 한 가정의 어머니로서 도덕적으로 엄격한 금욕적 생활을 지향하며 숨겨진 그림자는 물질과 육체적 감각적 쾌락을 억압하고 있었을 것이다.

아이로 인한 상처의 표출은 또 다른 방어기제의 작용으로 투사가 되어 한 여성으로서 행복을 추구하지 못한 책임을 아이에게 전가했을 수도 있어 그것이 아이에게도 상처가 됐을 수도 있다. 화자가 그것을 후회하고 자각하는 순간 이미 창조와 성숙의 씨앗은 자라고 있었다.

어떤 건물 안에서 마주 보이는 건물 내부를 들여다보는 것을 '밤의 창문(Night Window)'이라고 부르는데, 실내에 있는 사람들은 타자의 시선이 자기 공간을 침범했다는 걸 인지하지 못한다. 타자는 외부에서 안을 엿보기 때문에 창문 안 공간 배치 사물과 인물에 대해 정확히 알지 못하며, 주관적인 해석을 할 수밖에 없어 결국 창문 안과 밖은 분리된 상태에서 둘은 소통할 수도 한 공간을 공유할 수도 없게 된다.

두개의 각기 다른 개체인 아이와 엄마가 오랜 시간 떨어져 있었던 탓에 일어나는 소통 부재 또는 부부간의 동상이몽(同床異夢)도, 두 개의 그림자가 충돌하며 서로의 자아를 보호하기 위한 방어기제로 자기 합리화를 하면서 상대방에게 투사를 통해 책임 전가를 할 수 있다. 심하면 전치(Displacement)를 시키며 공격 성향을 드러낼 수도 있게 된다.

'어둠의 껍질을 벗었다'는 건 '밤의 창문(Night Window)'이 아니라 블라인더를 헤치고 나왔다는 것이므로 더 고민할 필요가 없을 것이다. 창문을 열고 장막을 걷고 밝은 곳으로 걸어 나왔다는 의미이기 때문이다. '가든 시간을 풀어/ 초록 잎 흔들면/갈 숲을 지나서'는 이미 해소가 된 상태이기에 가을 숲 바람처럼 시원함을 느끼는 상태를 말한다.

'철새들은 또 날아가고(El Condor Pasa)'는 자연 순환과 윤회의 법칙에 따라 죽은 영혼이 날아가 고향으로 가고 싶다는 희망의 발원문을 노래한 것인데, 이 작품에서 김지연 시인의 '바람'은 어제의 그림자가 죽었다는 것으로 본래의 자아인 시인의 영혼은 바람처럼 자유롭게 가벼워졌다는 의미이다. 철새는 바람 따라 계절 따라 이동하기 때문에 어느 특정한 장소에 얽매이지 않는다.

시인은 이제 말로만 설정하지 않고 행동으로 용감하게 나서며 그동안 억눌린 가슴과 짓눌린 설움에 함몰되지 않고 가볍게 날아 올라가겠다는 의지가 가득한 상태라고 할 수 있다. 시인은 아직 사랑의 마음이 식지 않은 상태이며 자신에게 주어진 운명을 받아들이며 사랑하고 있다. '아모르 파티(Amor Fati)'는 이제 온전히 시인 자신의 몫이다.

너무 어려서 보낸
너의 생각에 잠 못 이뤘다
그 시절
일꾼들 돈을 들고 튄 사내 덕분에
집안 꼴이 말이 아니게 되었다
이쁘다고 돌봐주던 부잣집
양녀로 보내지게 되었지
혼자서 일꾼들 셋거리도 바쁜 터라.
잘 먹여 주겠지 잘 키워 주겠지
딸 없는 집안으로 널 보낸 것인데
정신을 차리고 생각해 보니
힘들어도 보내는 게 아니었는데
보내 놓고 얼마 지나지 않아
다시 찾아오려고 애원도 해보았건만
미움이었는지 두려움이었는지
너는 대뜸 나와
아줌마 제가 크면 알아서 찾아갈게요
다시는 찾아오지 마세요
쌩하니 돌아서는 뒷모습을 보고
홍두깨로 얻어맞는 것처럼
뒷걸음질 치는 내 마음도 힘들었단다
어찌 널 잊었을까
그 밤 언니로 착각하시며
글도 아닌 입으로 건너온 편지

한 생의 이별을 고하는 작별 일 줄이야
사랑했다고 한마디 말이라도 전할 것을

『밤에 건너온 편지』 전문

마지막에 별똥별이 떨어지듯 날아온 〈밤에 건너온 편지〉는 잊지 못할 사랑하는 큰언니 대한 어머니의 애끓는 반성이며, 회한에 찬 서간문 같은 시인의 고백서라고 할 수 있는 작품이다. 문학은 휴머니즘(Humanism)이면서 리얼리즘(Realism)이다. 시집 작품 전편에 걸쳐 별이나 달, 자연의 사물을 소재로 한 시인의 이상과 초월을 노래하였는데 마지막 시 한편은 독자의 가슴을 뭉클하게 할 정도로 진솔하게 고백한 붉은 마음의 고백서 이다.

사물이나 현상의 아름다움에 대해 시인의 감정을 표현한 서정시와는 별개로 이 작품은 오래된 아픔을 진솔하게 고백한 크게 뉘우침에 찬 기도문이라고도 할 수 있다. 일반적인 시에서 화자의 감정이 입에 중점을 두는 세밀하고 구체적인 묘사들이 많은데 비해 〈밤에 건너온 편지〉는 아주 자연스럽게 화자의 마음을 군더더기 없이 매끄럽게 써낸 작품이었다.

밤하늘의 별을 소재로 쓴 작품들은 어떤 작은 소망들을 담아낸 경우가 많다. 〈밤에 건너온 편지〉도 피치 못할 사정으로 타인의 손에 성장하게 된 화자의 언니가 어느새 훌쩍 자라 시간 이동 후에 다시 만난 엄마에게 남긴 가시 돋친 말은 화자의 언니에게 아물지 않은 상처로 오랫동안 자리 잡고 있었다.

'아줌마 제가 크면 알아서 찾아갈게요/다시는 찾아오지 마세요'라는 말을 남기고 쌩하니 돌아서는 뒷모습을 보고 어머니는 엄청난 무게의 충격으로 뒷걸음질 치고 말았다. 여기서 만나면 기쁘고 반가워야 할 엄마에게 가시 돋친 모진 말로 상처를 남긴 딸의 마음은 어쩌면 양가감정(兩價感情)일 수 있다. 딸도 엄마 못지않게 마음에 가시가 깊이 박힌 상처를 안고 살아간다는 것이다.

양가감정은 이러지도 저러지도 못하는 복잡한 사랑과 미움의 감정이 얽혀 있는 경우에 나타나는데, 흔히 애증(愛憎)이 교차한다고 표현하기도 한다. 긍정적인 마음과 부정적인 마음이 왔다 갔다 하다가 어느 순간 스파크가 튀어 엉뚱한 말이 나오기도 한다.

강한 미운 감정을 억압하기 위해 의식적으로 사랑의 표현이 드러나거나 반대로 상대방에 대한 감정이 충돌로 나타나는 경우가 있는데, 자아의 심리상태는 주체하지 못하는 심한 갈등 속에서 마음에도 없는 말을 내뱉고 돌아서서 후회하거나 자책하는 일들이 있을 수 있다.

화자의 언니 마음이 당시에 많이 서운하고 어떻게 달리할수 있는 방법도 생각나지 않을 수 있겠지만, 큰딸이 했던 말처럼 서로 떨어져 있었던 시간만큼 낯설게 느껴지는 간극이 클 수 있기에 저나와 언니의 상처가 치유되고 회복하려면 당분간 서로에 시간이 필요 할 수도 있다.

양가감정(兩價感情)에서 흔히 외부로 드러나는 감정표출은 페르소나(persona, 가면)를 활용하여 갈등으로 불안한 마음을 덮어버리는 경우가 있다. 이 경우엔 양딸로 간 언니나 저자에게 필요한 건 전문가의 상담을 받아보는 것도 좋겠지만 우선 충분히 마음을 정리하고 가라앉힐 시간이 있어야 할 것 같다.

그동안 기다렸던 시간만큼 잠시 서로를 알아가는 시간도 필요한 것이다. 〈밤에 건너온 편지〉로 인해 이 작품을 썼다면 양여로 간 딸에게 솔직한 엄마의 마음이 담긴 편지를 입으로 화자에게 전해준 편지다.

말로서 하는 대화도 좋지만 마음이 담긴 진솔한 편지 한통이 서로의 상처를 치유하는데 더 효과가 좋을 때가 있다. 자식과 딸의 상처는 스스로 치유하고 성장해나가는 시간이 필요할 것으로 보이지만 이미 어머니는 고인이 되어 안타까운 일이다. 하지만 지금은 이 세상에 없는 엄마의 『밤에 건너온 편지』가 언니로 착각한 것에 더욱 마음 아파하는 화자의 가슴 아픈 사연이다.

■나가며

아프다고 생각하면 아픈 것이 노시보효과(nocebo effect)다. 아픈 것도 낫게 만드는 게 위약(僞藥)이라고 부르는 플라시보효과(placebo effect)다. 마찬가지로 우울감(melancholy)도 습관성일 수 있다. 사람마다 처한 환경이나 개인적인 성향 기질이 다르기 때문에 정도의 차이는 있겠지만, 된다는 사람은 되는 이유만 찾고 안 된다는 사람은 안 되는 이유만 찾는 경우가 많다.

김지연 시인 내면의 세계에 자리 잡은 시적 상상력은 그리움과 외로움에 젖어 있어도 늘 비상을 꿈꾸며 새로운 날갯짓을 하는 의지와 연결돼 있다. 달아나는 현실을 붙

잡는 것이 사진이라면 달아나는 현실을 쫓아가다 길이 없는 공간에서 넋을 풀어헤치는 것을 초현실이라고 한다.

김지연 시인은 무의식을 꿈꾸는 현실은 현실이 아님을 인식하고 있다. 영상이나 꿈도 관념적일 수 있지만, 색의 본질을 꿰뚫고 형태의 형식을 붕괴시키면서도 현실에 가깝게 보여 주고 있다. 즉 보이는 것과 보이지 않는 대상을 찾아내어 꿈이나 강한 열망조차 현실화할 수 있다는 것을 작품을 통해 잘 보여 주고 있는 것이다.

저자의 시작 전체적인 이미지는 존재와 부존재의 관념적 차이를 잘 극복해내고, 체험에서 오는 시적 형상화로 잘 구성되어 있으며 시인의 세계관 속에는 자연주의적 생태관을 바탕으로 한 치유의 사유를 떠올리고 있다.

그것은 시의 유토피아인 시토피아를 끊임없이 갈구하는 고독한 작업을 계속하는 가운데 그리움을 그리움으로 가둬두지 않고 늘 깨어있는 정신으로 생활하고 있음을 알 수 있다.

시인은 인간에 대한 그리움과 애틋하고 따스한 가족애가 묻어나오는 두 번째 시집 〈밤에 건너온 편지〉 -너라서 아프다- 출간을 진심으로 축하드리며 문운이 창대하길 기원한다. 따뜻한 밥상이 그리워지는 시편들이 담장과 지역을 넘어 멀리까지 메시지가 퍼졌으면 하는 바람이다.

-통속과 회한의 경계에서-

김부회 시인, 문학평론가

■들어가며

    시는 언어의 총화라는 말이 있다. 언어라는 것은 사람의 마음을 대변하는 가장 효과적인 전달 수단이며 동시에 언술 행위를 통하여 자신 내면의 소릴 진단하고 지나온 삶의 곡진한 이야기들을 성찰하여 내면의 나와 대화를 나누는 것이 가장 큰 목적이라면 목적일 수 있을 것이다. 흔히들 시를 쓰는 목적에 대하여 질문을 하면 거창하거나 혹은 명예욕 등에 기인한 경우를 많이 볼 수 있다. 과연 우리가 시를 쓰는 목적은 무엇인지? 아니 독자는 시를 읽는 목적이 무엇인지 생각해 본 적이 있는지 생각해 본다. 문학적 가치와 시적 질감이라는 타성적인 이야기는 과감하게 배제하고 본질적인 면을 가만히 들여다보면 시를 읽거나 쓰는 목적은 자기반성이며 일종의 자기 연민과 같은 회한悔恨이 아닐까 싶다.

    중요한 것은 회한이라는 말이다. 회한이란 뉘우치며 반성한다는 의미다. 살면서 우린 많은 것들에서 그저 생각 없이 스쳐 보내는 것이 많다. 그것은 관계에서 비롯된 타성이라는 현실적인 삶의 수단이기 때문이다. 하지만 질곡의 시간을 보내고 어느 한 지점에서 뒤안길을 되돌아볼 때, 가장 많이 느끼는 감정이 회한이다. 회한의 대상은 관계 중에서도 가족관계에서 가장 많은 비중을 차지한다. 어머니, 아버지, 아들, 딸, 아내, 남편, 이 모든 관계가 항상 온전하고 원활할 수 는 없을 것이다.

여하한 경우에서 나와 대상의 관계 중에 어긋나는 부분이 있을 것이며 당시에는 모를지언정 때가 되면 어느 지점에서 회한에 서러워하거나 후회하거나 눈물 흘리는 나를 발견할 수 있을 것이다. 사람은 누구나 실수를 하고 산다. 사람은 누구나 잘못을 하고 산다. 하지만 정작 사람은 누구나 실수나 잘못에 대한 반성을 하는 것은 아니라는 것이 아이러니한 일이다. 그것을 채워주는 일, 누구나 실수나 잘못에 대한 반성을 하게 만드는 일, 그것이 글을 쓰는 최종의 목표라고 생각한다. 시인은 시를 쓰면서, 독자는 시를 읽으며 살아온 날의 궤적을 더듬어 본다는 것, 같이 공감하고 느끼며 소통한다는 것이 어쩌면 시문학이라는 장르에서 가장 매력적인 팩트일 것이다. 시는 철학이 아니며, 시는 과학이 아니며, 시는 정치나 경제가 아닌 인간 본연의 심성, 즉물적인 서정의 본향을 지향하는 이유이기도 하다.

어떤 상상도, 어떤 성찰도, 어떤 화두도 사람과 사람 사이 관계를 부정할 수 없는 것이 인간의 본질이다. 관계에서 파생된 또 다른 관계와 관계 사이 드러나지 않은 본성에 대한 진지한 고찰은 하나의 생명을 잉태하는 것과 동일한 위대한 일이다. 시집을 내는 이유가 바로 그 지점에

존재한다. 내가 나를 바라본 시선, 그 시선 어딘가에 존재하는 나도 모르고 지내온 내 내면의 모습을 진솔하게 꺼내 담담하게 고백하는 것이야말로 미지의 존재에게 기도하는 것보다 더 인간적인 모습이다.

문장에 속지 말아야 한다. 행간이 품고 있는 시적 질감에 포위되어 난해한 비문을 함부로 꺼내지 말아야 한다. 포장지 이전에 중요한 것이 알맹이다. 문학의 궁극적 가치 판단과 기준은 문장에 있지 않다. 문장을 쓴 사람의 진정성에 있다. 불립문자不立文字라는 말이 있다. 불교 선종에서 깨달음은 마음에서 마음으로 전해지는 것이기에 언어나 문자에 의지하지 않는다는 말이다. 어쩌면 시에서 가장 중요한 것이 불립문자라는 말일지도 모른다. 문장을 글로 쓰는데 어찌 문자나 언어에 의미를 두지 않을 수 있을까? 하는 의문이 당연히 들겠지만 가만 생각해 보면 시에서 말하는 울림이라는 것은 단순히 인쇄된 글자에서 나오는 것이 아니라 단어를 선택해 문장을 만든, 행간을 만든 시인의 가슴속 언약이 그 속에 존재하기 때문이다. 그것을 추정하는 일, 그것을 공감하는 일, 그것을 나의 반성과 성찰에 대한 기본 토대로 삼는 일, 이 모두가 시를 쓰거나 읽는 일이라고 말하고 싶다.

이번에 발간하는 김지연 시인의 시집 《밤에 건너온 편지》는 총 4부로 구성되었다. 칠십여 편의 작품들 모두, 가진 심상의 깊이에 주목할 필요가 있는 작품들이다. 비교적 짧은 문장으로 구성된 작품의 면면은 긴 문장보다 쓰기가 더 힘들다. 시는 짧아질수록 무게가 더 나가는 것이

통상적인 현상이다. 함축이라는 시적 요소를 가진 것이 시라는 장르이기 때문이다. 모두 다 소개하고 싶지만 지면상의 문제로 인하여 그중 가장 인간적이며 가장 서정적이며 가장 김지연 시인을 대변할 수 있는 작품을 몇 편을 필자의 임의로 선별하여, 시인이 추구하는 세계와 동시에 시인이 꿈꾸는 세계의 본질, 그리고 회한의 깊이와 무게를 가늠해 보고 싶다. 평설에서 가장 중요한 것은 빙의憑依다. 필자 글의 감각이 김지연 시인과 연결되어 하나의 synopsis를 만드는 것이다. 적당한 선에서 타협하거나 두루뭉술 문장에 초점을 맞추는 것이 아니라 시를 쓴 그 지점 시인의 가슴을 읽어내는 일은 정말 어려운 일이다.

■ 살펴보기

아침의 기억을 끄집어내어
실타래 같은 머릿속
긴 숨으로 정돈하며 나서는 길
다시 안아보고 싶은 영혼의 그림자
물들인 고운 볼
몸 부비며 흔들던 바람은
봄을 내려놓았다 긴 호흡에 속박하는 향기
흥건한 맘 매달은 아쉬움
떨어지는 꽃잎과 자취는 감추어 졌다
맑은 햇살 쏟아지는 길 따라
실낱같이 야위어 가던 뒷모습

삶의 눈물 가슴을 뚫고
흩어지는 꽃비 맞으며 저만큼 웃고 서 있다
한 조각 그리움으로 하늘 오르는 사연
아직도 가슴 속에 어머니가 사시는데
날 더러 어쩌라고

『멍울』 전문

멍울의 사전적 정의는 몇 가지 있지만 김지연 시집 속 멍울의 의미는 어떤 충격으로 인하여 생긴 마음의 상처나 고충을 비유적으로 이르는 말이다. 어느 날 아침, 불쑥 잊고 살던 그리움이 불씨를 당겼다. 봄바람이 볼을 부비고 마음을 흔드는 저편에 동구 밖을 나서는 내가 보인다. 아무것도 생각하거나 회상하지 않았는데 불현듯 내가 보이고 그 뒤편에 손 흔들어주는 어머니가 보인다. 나는 어딜 가고 있는지? 어머니는 어딜 가는 나를 배웅하는 것인지 알 수 없는 장면이 반복해서 눈시울에 멈추거나 다시 필름을 상영하거나 이제는 오래된 일인데, 잊어도 벌써 잊은 줄 알았는데, 그 기억의 실루엣은 시인의 가슴 정원 어디쯤에서 어머니를 숨겨두었다. 이제 보여 주는 것인지 알 수 없는 어지럼증을 느낀다. 회한이 밀려든다.

어머니의 회한일지 나의 회한인지 판단할 수 없지만 그 회한의 관계는 이미 육체의 실종과 더불어 몸무게보다 더 무거운 무게로 남아 있다. 그날, 시인이 할 수 있는 말은 한마디뿐이다. 「날 더러 어쩌라고」 어쩌겠다가 아닌, 어쩌라고 속에는 지독한 회한과 연민이 들어있다. 한국적 서정이 표현할 수 있는 가장 아린 말이다. 어머니는 가고 없는데 지금 날 더러 어쩌라고. 어머니 팔에 기대 잠들고 싶은데 날 더러 어쩌라고. 어머니 지어준 밥에 풋고추를 곁들여 맛있는 점심을 같이하고 싶은데 날 더러 어쩌라고. 어머니 손을 잡고 들꽃을 보러 벌판으로 나가고 싶은데 지금 날 더러 어쩌라고. 결국 안에 모든 것이 담겨있다. 김지연의 모든 시가 그렇듯 수사적인 비만이 없다. 문장이 화려하거나 CinemaScope 하지 않다. 다만, 마른 가슴을 쥐어짜는 이 말을 하고 싶을 뿐이다. 이런 것이 소통이고 공감이고 울림이다. 누차 강조하지만 시는 철학이나 정치, 경제가 아니다. 토속적 서정의 한恨이다.

너와 마주 서는 밤
여름비가 걸어오고 있었다
열다섯 소년의 몸부림은
허공의 길에서 빗금을 치고
어둠만을 삼키고 있었다
답 없는 갈망에 애절한 꿈은
빗속에 길을 내며 가고 있었다
숨어 있는 밀어 하나 가슴을 열고
쏟아내는 너만의 밤
인연의 끄나풀이 없었더라면
애증의 긴 그림자도 없었을 것을

『자화상』 전문

　시인의 말에서 김지연 시인은 외아들에 대한 연민과 사춘기 아들에 대한 방황에 대하여 마음고생 한 것. 그 방황을 다잡기 위해 모든 것을 접고 아이의 모든 것에 집중했다고 밝혔다. 그때의 시련과 아들을 기다리는 동안 느낀 외로움과 아픔의 연속적인 시간에 대한 회한에 대하여 글로 엮는다고 말했다. 시인이 말한 대로 어쩌면 모든 부모가 겪었을 그 아픔의 시간에 대하여, 아픔이 주는 진정한 아픔을 아들에게 속을 보여주고 싶었을 것이다. 달을 보며 자신의 자화상을 만들어 내는 시인의 모습은 답 없는 갈망에 대한 애절한 꿈/ 쏟아지는 빗속에 길을 내는 듯한 질주/로 잘 그려져 있다.

　열다섯 소년의 몸부림을 보는 어머니의 시선은 아릿하다 못해 뭉크의 절규를 떠올리게 한다. 아들이 허공에 빗금을 치고 어둠을 삼키는 모습을 보는 어미의 가슴은 이미 몸에 난 칼집 속으로 소금을 얹는 행위가 되고 급기야 인연이라는 것에 대하여 괴로워하는 자신의 모습을 자화상이라는 글로 표현했다. 애증이라는 말로 사랑을 에둘러 말하는 것은 괴로운 일이다. 하지만 모든 부모가 그렇듯 자식 앞에 이기는 사람은 없다. 스스로 통제하고 반석 위에 서는 것을 도와줘야 하는 것이 도리다. 그 인생의 섭리 앞에 무기력한 어미의 모습을, 눈물을, 그리고 희망이라는 보이지 않는 싹을 틔워내야 하는 감정은 보통 사람의 자화상이다. 더 많은 문장을 끌어와도 결국은 변명밖에 되

지 않는다. 더 많은 질감을 보태도 회색이 될 뿐이다. 인
연의 *끄나풀*/ 이 한 문장에 어미의 아픔이 소금처럼 배어
있다. 어미의 여린 몸에 듬뿍. 이러한 모습은 『무죄 1』이
라는 시에서도 다시 한번 분신 공양하듯 자신을 태우는
것을 볼 수 있다.

침묵의 밤이 나를 집어 삼킨다.
무엇이 잘못되었을까!
아들의 절규
입으로 흘러나오는 기억
자존감을 짓밟은 너의 외마디
어디에서 시작되었던 것일까
생각이란 바늘이
아들의 빈방을 열고 서 있다.

『무죄 1』전문

생각이라는 바늘이/ 아들의 빈방을 열고 서 있다/라는
결구가 깊은 울림을 준다. 누구나 경험한 일이지만, 특히
내게는 더 아프게 다가오는 과거의 일들. 그 앞에서 뾰족
한 바늘 하나 들고 서 있는 어미의 모습은 다분히 우리의
정서를 자극한다. 제목을 무죄라고 하였다. 혐의가 누구
에게 있는가? 아들에게? 나에게? 우리에게? 사회에게?
어쩌면 우리 모두는 아들의 방황에 공조한 방임자이며 혐
의자이며 동시에 죄를 물을 수 없는 무혐의자라는 생각이

든다. 김지연 시인은 말한다. 어디에서 시작되었던 것일까? 그 답은 누구도 할 수 없다. 관계라는 것의 설정은 나의 의지와 관계없이 시작하거나 종료하거나 할 때가 많은 법이다. 그래서 인연의 끄나풀로 치부하는 것이 옳은 일이다. 섭리 가운데 존재하는 것은 인연이며 관계다. 종속된 관계에서 평등 된 관계로 전이하는 과정에서 발생하는 모든 잘못과 방황은 파국으로 치닫기 전에 어떤 식이든 마무리 지어야 한다. 벙어리 냉가슴 앓듯 방관하거나 방임하면 안 되는 것이 자식의 일이다. 모든 부모는 무죄이면서 유죄다. 모든 아들은 유죄이면서 무죄다. 그 최종 심판은 시간이 지나야 알 수 있다. 그땐 그랬었지 하며 웃음으로 치부할 수 있는 그런 어미와 아들이 되길 간절하게 바란다.

반쯤 눈 비벼 아침의 눈을 떴나!
얼마쯤 시간이 흘렀을까!
사위가 고요하다

엄마는 어디 가고
옆집에서 비럭잠을 자고 온 나는
상황을 알 턱이 없다
밤새 구르는 요강단지 치우던 엄마 생각에
내심 가슴이 쪼그라들었던 날
빈 가슴에 반달이 떴다

똥 기저귀 들고 나가 냇물에 흔들어 본다
용서랄지 무서움이랄지 아직 모르는 말
혹시나 하는 마음에 밥을 지어 보았는데
밥이 아닌 죽이 되어 버렸다

쌀이 부푸는 줄도 모르고
한 컵은 엄마 밥 두 컵은 동생 밥
칭찬은커녕 반타작 되었던 그날
지금도 잊히지 않은
내 생의 어느 이야기 속의 그날

『그날 2』 전문

　　해설의 서두에서 이야기했던 회상에 대한 기억의 단편
이다. 사람의 뇌는 그 깊은 속을 알 수가 없어 미처 생각
하지 못했던 것을 느닷없이 주머니 속에서 유리구슬 꺼내
듯 꺼내 투명하게 어떤 날의 상황을 종종 보여주곤 한다.
이런 일이 있었는지, 이날 이랬는지 지금도 선명하게 보
이면서도 환상이나 몽환이 아닐까 싶은 일도 많은 법이
다. 기억이라는 유리구슬 속에는 유독 보고 싶어 하는 장
면만 보이는 경우가 있으며, 그 반대로 보고 싶지 않은 장
면만 보여주는 유리구슬도 있다. 우리 호주머니 속 유리
구슬은 어떤 유리구슬일지는 구슬 주인의 선택이다. 무엇
을 어떻게 담고 살아왔는지에 대한 자신만의 신념이 없으
면 보기 싫은 것도 보이게 마련이고, 확고한 신념으로 열

심히 생을 위해 달려온 사람이라면 보고 싶은 것만 보게 될 것이 인생이다. 어느 날 친구 집에서 자고 온 아침, 엄마가 없다.

기겁하게 놀란 빈 가슴에 반달이 뜨고 혹시나 하는 마음에 밥을 지었는데 죽이 되었다는, 그래서 반타작 되었던 아릿한 날의 기억. 아주 오래전 일이지만 선명하게 보이는 어머니의 모습과 냇물에 흔들던 똥 기저귀, 쌀이 부푸는지도 모르던 푸릇한 날의 이야기. 이 모든 과거가 나의 옛날이야기가 되었다. 마치 나보다 더 오래된 이야기들 속의 나를 바라볼 수 있다는 것은 행운이며 동시에 행복이다. 사는 일에 열중하다 보면 뒤를 볼 겨를이 없다. 푸릇한 한 시절의 내가 보이지 않고, 이제 와 다 늙은 내가 보인다.

거울 속의 나는 나이면서 내가 아니기도 한 것이다. 그런 긍정과 부정의 간극 사이에서 보이는 그날의 장면과 풍경들은 지금을 살아가고 견디게 하는 필연적인 요소가 된다. 어떤 서러운 날, 아픈 날, 가슴이 막혀 울고 싶은 날, 주머니 속 유리구슬을 꺼내 보자. 천천히 들여다보면 그날이 보인다. 내가 보고 싶은 그날, 내가 가고 싶은 나라의 그날, 갈 수 없는 나라의 그날이 보인다. 시는 어쩌면 그날을 보여 주는 유리구슬이라는 생각이 든다. 모든 그날 속에는 내가 존재한다. 인식이 아닌 실존으로, 실존이 아닌 꿈으로, 꿈이 아닌 회한으로. 그 회한의 한자락 가운데 어머니가 있고, 아들이 있고, 어머니를 닮은 내가 있고, 뭉게뭉게 그리움이 그림을 그리고 있는 하늘이 있

다. 그런 시인의 마음을 꼭 담아 보여주는 한 편의 시가
있어 소개한다.

골목 외등 빛으로
비추어지는 봄비
기다림을 씻어 내려
못다 부르고 만 나의 노래
너의 목소리도 모습도
비에 젖은 상처이지만
오늘 이 시간이 지나면
목마른 갈증은 해소되려는지
혹시나 행여나 하는 기다림
등 뒤에선 선홍빛 통증이 인다

『가슴앓이』전문

　　아들, 상처가 있는 아들, 상처를 극복하길 바라는 어미,
골목 외등과 봄비의 묘한 조화가 애처로움을 보태준다.
아들에 대한 나의 노래는 다 하지 못한 노래이며 아들의
상처는 비가 되어 내리고 있다. 그래도 어미는 희망을 끈
을 놓지 않는다. 혹시나, 행여나, 기대 섞어 봄비를 바라
보는 어미의 마음이 아프다. 아프다는 말은 몸이 아플 때
보다 마음이 아플 때 더 많이 아프다. 아픔은 아픈 사람보
다 아픔을 바라보는 사람이 더 아픈 법이다. 살면서 겪어
야 하는 선홍빛 통증의 실체가 눈에 보이는 것이라면, 내
가 어찌할 수 없는 것이라면 그 실망과 좌절감은 거대한

해일처럼 해안을 잠식할 것이다. 어미가 쌓아놓은 방벽을 뚫고 거침없이 파고드는 쓰나미와 같은. 그래도 본문의 말과 같이 오늘 이 시간이 지나면/ 시간이 가고 세월이 가면 긍정의 힘이 작용할 것이다. 그렇기에 세상은 살만한 가치가 있는지도 모른다. 지금보다 내일을 기다리는 시간이 당장은 아프지만 더 많은 보람을 느낄 어느 날의 어느 순간을 위해 통증을 참아내는 것이 김지연 시인이 시를 쓰고 시집으로 엮어 출간 하는 이유일 것이다. 그것이 시의 본질이라면 누가 뭐라 할 것인가? 자신을 드러내고 알리고 유명해지기 위한 것이 아닌, 하고 싶은 말을 정제된 말투로 조곤조곤 이야기하는 것. 시인이 추구하는 서정의 본질은 이런 것이라는 생각이 든다.

■맺으며

김지연 시인의 시집 제목을 새삼 보게 된다. 『밤에 건너온 편지』라는 제목 밑 소제목에 『너라서 아프다』는 부제를 달았다. 낮이 아닌 밤에 건너온 편지는 어둠을 지나왔기에 언어의 정제가 되어있다. 어둠이라는 터널을 건너왔기에 밝음이라는 터널의 끝을 소망하는지도 모른다. 생의 긴 터널을 지나오면서 그 안에 담긴 모든 사연을 편지라고 하면 그 터널의 끝에 우리를 기다리고 있는 것은 깊은 어둠이 아닌, 푸른 햇살일 것이다. 너라서 아픈 것이 아니라 너를 보는 내가 더 아프다는 것을 강조하기 위한 부제에서 김지연 시인의 삶의 모럴과 정체성을 발견한다. 시문학의 가치는 문장이 아니다. 비틀며 꼬아서 카오스의 세계를 보여주는 것이 아닌, 담대하고 솔직한 진술이 바탕이 되어야 한다. 지난 한 삶의 여정에서 때론 힘에 부쳐 지칠 때 김지연 시인의 시집 일독을 권한다. 그 속에는 나와 우리 이웃이 살아온 가계의 내력이 호롱불처럼 희미하지만 오랫동안 나를 비추고 있을 것이다. 시는 치유의 방편이며 힐링의 수단이다. 그것이 시를 읽는 이유이기도 하다.

밤에 건너온 편지

-그래서 아프다-

김지연 시집

초판인쇄 | 2023년 9월 20일

발행일자 | 2023년 9월 25일

지 은 이 | 김지연

펴 낸 이 | 김연주

펴 낸 곳 | 도서출판 성연

등 　　록 | (등록 제2021-000008호)경남 창원

홈페이지 | https://cafe.daum.net/seongyeon2021

인 　　쇄 | 주) 상지사(파주공단: 재두루미길160)

디 자 인 | 배 선 영

편 집 인 | 배 성 근

표지그림 | 김 　　진

인물스케치 | 배 성 근

메 　　일 | baekim2003@daum.net

전자 팩스 | 0504-208-0573

연 락 처 | 010-3325-5758

정 　　가 | 12,000원

I S B N | 979-11-979561-2-6(03800)

본 시집은 한국예술인복지재단 창작준비지원금 일부를 지원받아 발간되었습니다.